A DAY IN YOUR LIFE《アデイインユアライフ》

小路幸也
YUKIYA SHOJI

徳間書店

A DAY IN YOUR LIFE

小路幸也

YUKIYA SHOJI

徳間書店

でも、本当にね、その話を探しているんだよ。
そのときに話してくれた〈奇跡のような話〉を。

☆

《J-AIRFM998》
『A DAY IN YOUR LIFE』
『ア・デイ・イン・ユア・ライフ。今日が終わると同時に新たな一日が始まる狭間《はざま》の一時間。そこにいるあなたの人生の、ある一日をお届けします。その日を綴《つづ》るのはあなた、編《あ》んで読むのは私、小説家の槙村朗《まきむらろう》です』

こんばんは。

こちらはこの時間になって雨が降ってきたようです。

それほどひどい降りではないようですが、スタジオの窓から見える夜の東京の街が、しっとりと暗く光っているようです。

あなたの街はどうですか。

今夜は満月ですから、晴れているところでは月明かりで夜の街がくっきりと浮かび上がっていることでしょう。

高校生の頃、満月の夜にキャンプをしたことがあるのですが、懐中電灯が不要と感じるぐらいの明るさに驚いたことがあります。あたりまえの話なのですが、月の光も実は太陽の光を反射しているんだということを、改めて皆《みな》で思ったのもそのときでした。

今夜も〈あなたの人生の、ある一日〉をお届けしますが、その前にお便《たよ》りを少しご紹介しましょう。

これは、ラジオネーム〈ポンちゃん！〉さん。最後にビックリマークが付いています。十代の女性からのメールですね。

〈こんばんは、槙村さん。〉

はい、こんばんは。

〈九州に住んでいる女子高生です。先週の放送の《ある一日》なんですが〉

先週とお手紙には書いてありますが、これは先々週に流したもののことですね。山口県の男性の方の夏休みのある一日のお話でした。

〈中学校のときの担任の先生に聞いた話とそっくりでした。修学旅行の夜だったんですけど、夜に旅館のロビーで何人かでくつろいでいたとき、その先生もやってきてなんだかんだ話していたんですよね。そのときに、自分が中学生のときの、仲間との夏休みの思い出を話してくれたんです。その話が、本当にそっくりでした。ひょっとしたら、担任の先生とは同級生だったんじゃないかって思いました。〉

うん。ポンちゃんのお手紙には、その担任の先生が話してくれた中学生のときの思い出話も書いてあるのですが、確かに山口県の男性の方の話とほぼ同じでしたね。年齢もどうやら同じぐらいでした。

こちらで調べるようなことはしませんが、おそらく、先々週の山口県の男性と、ポンちゃんの中学のときの担任の先生は同級生で確定でしょう。

ポンちゃん、もしもクラス会などで担任だった先生に会うようなことがあれば、訊《き》いてみてください。

そして山口県のKさん、ポンちゃんの担任の先生、もしもこのラジオを聴《き》いていてお二人が同級生なら、お知らせいただけると嬉《うれ》しいですね。

▼

『A DAY IN YOUR LIFE』

【東京都　柏木《かしわぎ》宣子《のぶこ》　五十二歳　主婦】

私が二十歳《はたち》のときですから、もう三十二年も前のことです。

夏でした。

八月七日です。

そんな昔のことを日付まではっきりと覚えているのは、私が北海道の旭川《あさひかわ》市出身だからです。その頃は東京で大学生だったのですが、こっちでは七夕《たなばた》は七月七日ですよね。私の地元では、七夕は八月七日なんですよ。だから、覚えていました。今日は七夕だったかなって。

そうです。向こうでは一ヶ月遅いんですよ。同じ北海道でも七月七日に行なうところもあるようなんですけれど、私のところは八月七日なんです。

今でも覚えていますけど、小学生の頃までは、

〈ろーそくだーせーだーせーよー、だーさないとーかっちゃくぞー、おーまーけーにくいつくぞー〉

という、かなり物騒《ぶっそう》な歌を唄いながら近所の家々を浴衣《ゆかた》を着た子供たち同士で回って、ロウソクではなくてお菓子を貰《もら》っていたんです。

不思議な風習でしょう?

ハロウィンの〈トリック・オア・トリート!〉を想像してもらえば、まったく同じ風習なんですよね。

それが北海道ではあちこちで行なわれていたんです。ハロウィンのあれも、流行《はや》って定着したのは最近ですよね? 初めて聞いたときには『私たちやっていたじゃない!』って笑ったものです。

名称は、わかんないです。

私たちは単純に〈ろうそくだせ〉って言っていたように思います。もしも他の地方ではこう呼んでいるっていうのがわかれば、聞きたいですね。

どうしてそんな風習ができたのかは、よく知りません。

とにかく私の小さい頃はやっていましたし、今でも町内会のイベントとして、やっているところはあるって聞いていますよ。もっと昔は本当にロウソクを集めていたって聞いたことはありますけど。

それはそれで、子供の頃のある一日としてはおもしろいかもしれませんけれど、その話ではないんです。

二十歳になって東京で大学に通《かよ》っていた、八月七日です。

その日は、夕方から雨が降ってきました。

気温は今みたいにバカみたいな暑さじゃなくて、その頃の普通の夏の暑さだったはずです。

そしてやっぱり今みたいなゲリラ豪雨とかそんなのじゃなくて、ごく普通の雨降りの夜。

根津《ねづ》に住んでいました。母方の叔父が根津に住んでいて、そこでお好み焼き屋さんをやっていたんです。

古い木造の一軒家で、一階がお好み焼き屋で、一階の奥と二階が住居部分。私は二階の一番奥の四畳半に住まわせてもらっていました。もちろん家賃も何もなし。単純に居候《いそうろう》状態でしたね。母と叔父、つまり姉弟ですよね。とても仲が良かったんです。それで、そんな風な大学生生活を送っていました。

大学は長い夏休みに入っていて、私は帰省から東京に戻っていて、お店の手伝いとかもしていました。バイト、じゃないですね。居候していたんですから手伝えるときには手伝っていたんです。

八時を回ってもうそろそろ閉店の頃。

すぐ近くの雑居ビルの二階にある小さな居酒屋から、お好み焼きを二つ配達してくれという注文があったんです。その雑居ビルは三階建てで、一階と二階は小さなスナックや居酒屋や、そういう飲み屋さんばかりが入っていたんですよね。そのビルのお店からはよく注文が入っていたんです。お客さんがお好み焼き欲しいって言うから持ってきてって。

私が、持っていきました。

ビルの入口正面の二階への階段を上がったところにある小さな居酒屋〈しらかば〉さんに。偶然ですけど、そこのマスターは北海道出身でした。本当に小さなお店で、カウンターだけしかなくて、ぎちぎちに詰めて座って十人ぐらいが限度です。

そこそこ強く雨が降っていたので、大きなこうもり傘をさして、お好み焼きはあの出前に使うおかもちに入れて。

ビルの入口の小さな階段を上がって庇《ひさし》の下に入って、いったんおかもちを下《お》ろして傘を閉じたときです。

ガラッ、と引き戸が勢《いきお》いよく開く音がして、届ける先の居酒屋〈しらかば〉から女の人が飛び出すように出てきて、階段を勢いよく駆け降りてきました。

長いきれいな黒髪がなびいて、一瞬しか見えませんでしたけどとても可愛《かわい》らしい感じの顔をしていて、白いブラウスに柔《やわ》らかな淡《あわ》いブルーの巻きスカートを穿《は》いていました。たぶん、二十歳だった私より少し年上ぐらいの人。

泣いていました。

下を向いて唇を真一文字に結びながら、流れる涙が頬《ほお》から飛ぶような勢いで駆け降り、そのまま雨の降る歩道《ほどう》を左に曲がって走っていったんです。

すぐにびしょ濡《ぬ》れになっていくのがわかりました。街灯に照らされた長い黒髪が雨で弾《はじ》かれるように光るのも。

いきなりのことだったので、あ、傘さしてないけど、なんてことを思っていたら、今度は男の人が階段を駆け降りてきました。

私と同じぐらいかな、と思いました。

大学生って感じの青年。

少し長めの髪の毛で、長袖のチェックのシャツにブルージーンズ。黒のコンバースのスニーカーを履いていました。

階段を文字通りに何段も飛ばして下りて、外に出て左右を見て、さっき走っていった女の人を捜したんでしょう。私も思わず一、二歩外に向かって歩いて捜してしまいました。

目の前は、広めの道路です。ガードレールもあります。

道路向こうの歩道に、歩く彼女の姿がありました。きっとすぐそこの信号のない横断歩道を走って渡ったんでしょう。

男の人が、彼女の名前を、大きな声で呼びました。

彼女が、足を止めました。

そして男の人はガードレールを跳び越え、彼女のもとに走って行きました。きっと車が来ていないかどうかなんて見ていなかったと思います。私が思わず危ない！　と思って左右確認したぐらい。

車が来ていなくて良かったです。

男性は、また走り出そうとする彼女の腕を捉《つか》まえるようにして、そして、強く抱きしめます。

彼女は、まだ泣いていました。

二人とも、ずぶ濡れです。

雨の降る中、夜の歩道で、彼は彼女を抱きしめながら何かを言って、彼女は小さく頷《うなず》きながら、彼に抱きしめられていました。

彼女はずっと泣いていたけど、雨なのか涙なのかわからなかったけれど、街灯に照らされていた彼女の表情から、涙の理由が途中から変化したのは、道路向こうから見ていてもわかりました。

雨の歩道、ずぶ濡れになりながら抱き合う二人。

映画やドラマの中でしか見ないような光景。

それを、二十歳の私は現実に見ていたんです。八月七日の七夕の日に。

足元に冷めていくお好み焼きがあったというのは、少し絵にならなかったんですけれど。

▲

いつものように、ご本名でお送りくださった方は、私が同じ雰囲気《ふんいき》の仮名にしてお送りしました。柏木宣子さんのある一日のお話、ありがとうございました。

雨の中で抱き合っていた若い二人。

この二人に一体何があってその後どうなったのかがものすごく気になりますが、お手紙には何もわからなかったと書いてありました。

ただ、柏木さんがおかもちで持っていったお好み焼き二つは、二人が注文したものではなかったそうです。きっとその居酒屋のマスターが教えてくれたんでしょうね。

本当に映画やドラマでしか見られないようなシーンですけど、現実にもそういうことはたくさんあるのだと、この番組をやっていて本当に思います。

『A DAY IN YOUR LIFE』

『あなたの人生の、ある一日を募集しています。何でもない一日、奇跡を感じた一瞬、幸せだった日々、不思議なことがあった日。どんな一日でも結構です。メール、ファックス、手紙、葉書などできる方法でお寄せください。いただいた〈あなたの一日〉は私が読みやすい物語に仕立てて、この番組でお送りします』

*

槙村さんは、いつも最後のジングルが終わるまで、ヘッドホンを外《はず》さない。カフを下《さ》げて自分の出番が終わっても、流れているのは番組最後のお決まりの録音の言葉なのにそれもじっと下を向いて聴いていて、そしてＣＭに入ったところでようやく顔を上げて、微笑《ほほえ》む。ヘッドホンを外す。

「お疲れ様です」

「お疲れ様でした」

そして、ヘッドホンもそっと置くんだ。備え付けてあるクリーニングクロスで丁寧《ていねい》に拭《ふ》いていく。局にやってくるパーソナリティは大勢いるけれど、そんなことまでしていく人は滅多《めった》にいない。

「ちょっと噛《か》んじゃったな。最後のところ」

「全然。気にならなかったですよ」

「何度も言うけど、サ行の音が重《かさ》なるのがどうしても言《い》い難《にく》いんだ僕は」

小説家なんだ。喋《しゃべ》りが本職じゃない。つっかえたって噛んだって誰も咎《とが》めないのに、やっぱりいつもそういうのを反省する。本人曰《いわ》く、七年もやらせてもらっているのに未《いま》だに上達しないのは恥ずかしいって。

充分《じゅうぶん》だけどね。そもそもの地声が渋く響いてとてもいいし、中学生のときに放送部でアナウンスの練習をしたらしくて、滑舌《かつぜつ》だってそう悪くない。まぁ職業柄、普段あまり喋らないのもあって声の張りが弱いのは確かにそうだけど、それは個性だ。朗読が主なんだからそんなに声を張る必要もない。

「お疲れ様です」

寧々《ねね》さんが時間ピッタリに、コーヒーを三つトレイに載《の》せて持ってくる。自販機の大《たい》して旨《うま》くないやつじゃなくて、隣の〈藤森珈琲《ふじもりコーヒー》〉のブレンド。

Bスタはこの後午前三時まで何も入らない。いつものように、コーヒーを飲み終わって帰るまでの世間話タイム。

三人ともタクシーで帰る方向が一緒だから経費節約にもなってちょうどいいんだ。四谷《よつや》を通って神楽坂《かぐらざか》まで。最後に降りるのがチーフの寧々さんだから支払いもばっちり。

「あ、これ差し入れのチョコあったんだけれど、槙村さんチョコは苦手だったわよね」

何だか高そうなチョコ。

「いや、ひとつぐらいなら。あ、これはきっとビターなやつじゃないかな」

「待って。そう、それはビターね。矢川《やがわ》くん好きなのどうぞ」

「いただきますっと」

ただ座って放送しているだけでも、体力は消耗《しょうもう》するんだよね。頭を使うって本当に疲労するんだ。

「今日の話ですけどね。最初に手紙を選んだときにも思ったんですけど、これ、雨の中の二人が一体どうしてそうなってしまって、その後どうなったのかわからないのが、いいんですよね」

言ったら、寧々さんも微笑んで頷いた。

「たぶん、それがわかっちゃうときっとなーんだって話になっちゃうかもね。ただの痴話喧嘩《ちわげんか》を大げさにしてるんじゃねぇよてめぇ、なんて」

笑った。

寧々さんって仕事が終わると姐御風《あねごふう》になる。そこがおもしろいんだけど。

「まぁ痴話喧嘩には違いないんだろうけど、でも、彼女の方が年上っぽいのも気になるね。たぶんOLと大学生の男の子なんじゃないかな」

「年上の女かぁ」

二十六年間、そういう経験はないけど。

そういえば、槙村さんは三十二歳で寧々さんは三十八歳。いい感じの年上だよね。いや二人がそんな関係だって知ってるわけじゃないけど。

「居酒屋から飛び出してきたというのも、気になるポイントね。もしも酔っていたのなら階段を駆け降りることなんかできないからほぼシラフ。他にお客さんもいただろうから、そんなところで泣き出して店を飛び出すというのも」

「男性が少し遅れて出てきた、というのも、かな。ひょっとしたら席が離れていたのかもしれないから、二人でやってきていたというのも考えにくくなる。すると、その二人の関係性はなんだったんだろうって」

「あーそうですね」

確かになぁ。

「そう考えると、やっぱりただの痴話喧嘩じゃあないようにも思えてきますね。槙村さんなら、この二人の関係性をどう設定しますか。小説家として考えるなら」

うん、って頷いた。

片づけた今日の台本をまた開いて、ちらりと見る。

「少なくとも、この二人の間には男女の関係がある、とまずはするね。そうじゃなきゃ、雨の中で抱きしめ合うなんていうことはできなくなるし、何よりも大学生風の男の方から抱きしめている。そういう関係じゃなきゃ、年上の女性をいきなり抱きしめるなんてことはなかなかできない」

「何かあったとしても、走っている女性の腕を摑《つか》んで引き止める、ぐらいになるかな？　せいぜい」

「そうだろうね。少なくとも道ならぬ恋、なんて雰囲気があったんだろうな」

「またクラシカルな。あ、でも三十年も前か」

三十年前なら、そういうのもあるのかな。

「たとえば、女性が年上で二十代半《なか》ばぐらいのＯＬなら、結婚を約束した相手がいたかもしれない」

「あ、じゃあ大学生の男と浮気というか、そっちの方向に」

「その大学生が、結婚を約束した相手の、弟っていう設定ならどうだろうね」

弟か！

「ＯＬさんには婚約者がいて、でもその弟と道ならぬ恋に走ってしまって？」

寧々さんも大きく頷いた。

「それぐらいの障害がないと、雨の中に飛び出した彼女を追いかけて、そして二人で抱きしめ合う、なんてことにはならないかもしれないわね」

「いや、そう思いますわー」

確かにそうかも。それぐらいなら、頷ける。

「小説とするなら、それはまぁまぁありがちな設定ではあるけれども、そこから充分に魅力的な話は、いろんな方向へ作っていけるよ。そのまま恋愛物にしてしまうのは、僕は苦手だけれど」

そうですよね。槇村さん、あまり恋愛物は書かないですよね。いやまだ全部読んでいませんけど。

槇村さん多作だから。

「でも、いっつも思うけれど、これがまるっきりの嘘だったら嫌ですけどね。毎回送られてくる手紙やメールを読む度《たび》に考えてますけど。本当らしい話を作るのが上手《うま》い人もいるだろうなあって」

それはもうこの番組の根っこのところだ。

どんな話が送られてきても、それが事実だと信じるって。

中には絶対にこれは作ってるだろ、ってはっきりわかるのもあるから、それはそれでこっちでハケちゃうけど。

嘘をつかれていてもわからないし、それらしい話なら放送しても別に支障もないだろうから
やっているんだけど。

槙村さんが、小さく頷いて微笑んだ。

「矢川くん」

「はい」

「送られてきた〈ある一日〉が、嘘か本当かはわかるよ」

わかる？

寧々さんが、ちょっと驚いた表情をした。

「え、どうしてわかるんですか」

寧々さんが、槙村さんを見た。

「教えちゃうの？」

「いいだろう。もう四年も一緒にやってくれているんだ。充分に信頼できる男だよ矢川くん
は」

え、なになに。なんですか。

なんかあるの？

チーフである寧々さんと槙村さんって、かなり以前からの知り合いだって話は聞いてるけど

この雰囲気はなに。

ひょっとして槙村さんにとっての年上の女性とかないよね。

「僕は、本当にわかるんだ。送られてくる〈あなたの人生の、ある一日〉の話が、本当か嘘かは」

「わかるって、どうやってですか」

槙村さんが、人差し指を立てた。

「共感覚、ってものは矢川くんも知っているだろう。前にもそんなような話をしたことあるよね」

わかります。

共感覚ね。それを持つ人は文字に色を感じたり、音に色を感じたり、あるいは味や匂いに色や形を感じたりするって話。実は友達にも一人いるんですよ。

「僕も、ずっとその共感覚、文字に対しての共感覚があるんだ。グラフィーム・カラー共感覚ってやつだね」

「ぐら？」

「文字や言葉に色が見えるってやつだね」

あぁそれ。

「え、それで嘘か本当かわかるんですか？」

「わかる。小学生の頃からずっと自分のその感覚を分析してきたからね。どうしてこんなふうに色が見えるんだろう。言葉によっての色の違いはなんだろうって。自分が書いた文字も、友達が書いた文字も、とにかくありとあらゆる書かれた文字の色合いを研究、分析してきた」

研究と分析。

「じゃあ、文字や言葉の色によって、創作か事実かが判別できるってことですか」

「そういうこと。手書きの文字なら、ほぼ完璧に事実か創作かは判別できる。打った文字、プリントされた文字とかディスプレイに出た文字に関しては、ちょっと精度は落ちるかな。まぁ七十パーセントぐらいかな」

「マジすか」

びっくりだ。

え、じゃあまさか。

「この番組、槙村さんが持ち込んで始めたって聞きましたけど、ひょっとしてその感覚があったからなんですか？　それで判断できるからって」

学生のときから好きでずっと聴いてきた番組。

『A DAY IN YOUR LIFE』。

槙村さんは、ゆっくりと頷いた。

「それも、ある」

「も?」

も、ってことは。

「何か他にもあるんですか」

コーヒーをゆっくりと一口飲んで、槙村さんは今度は小さく頷いた。

「僕は、捜しているんだ」

「何をですか」

「殺人犯を」

「え!?」

殺人犯?

捜す?

ちょっと待って。どんな話? 何の話?

「僕が、まだ槙村朗になる前の話だ。仲村一朗《なかむらいちろう》のとき」

そう、槙村朗はペンネームだ。

本名は、公表していないけれど仲村一朗。秘密にしているわけじゃないけれど、基本的に表に出してはいない。

顔もそうだ。覆面《ふくめん》作家ってわけじゃないけれども、あんまり写真も撮らせない。出すときにはいつも帽子を被《かぶ》ってサングラスをかけているから槙村さんの素顔を見たことがある人は、編集者とか僕ら仕事仲間ぐらい。

　めっちゃイケメンってわけじゃないけれど、整《ととの》った顔立ちはしている。

「僕は、小学校二年生のときに、たぶん誘拐《ゆうかい》されたことがあるんだ」

「誘拐」

「どうして誘拐されたのかはわからない。僕を誘拐した男とほぼ一週間一緒にいた。住んでいた。それがどこだったのかも、わからない。どこかの山の中の山荘《さんそう》みたいなところだったのは確かなんだけど」

　誘拐されて、山荘に監禁されていた？

「その男は、毎晩いろんな話をしてくれたんだ」

「話って」

「誘拐して乱暴したとか粗雑《そざつ》に扱《あつか》われたとかじゃない。きちんと三食ご飯を作ってくれて、お風呂にも入らせてくれていた。ただ、その山荘みたいなところにはラジオもテレビもマンガも、とにかく子供向けのものは何もなかった。だからなのか、その男はいろんな話を僕にしてくれた」

「どんな男だったんですか。顔とかは」

「それも、わからないんだ。ホームレスみたいな感じでね。髪も髭《ひげ》も伸び放題で、顔で見えているのはかろうじて眼と鼻ぐらい。だから、どんな顔をしていたかなんてのもわからないんだ。

ただ、声だけはいい声だった」

「いい声」

「変な表現だけど、声音《こわね》に知性があるというのかな。真っ当な人間だ、と思わせる声だったんだ。だから、誘拐はされたけれど僕は落ち着いていられた部分もあったと思う」

声は、そうだ。

こうやってラジオ局で仕事をしているからだけど、声にはいろんな力がある。槙村さんの声もそうだ。この番組が人気でずっと続いているのも、槙村さんの声には不思議な説得力があるからなんだ。

「その男が最後の夜にしてくれた話が、まるで奇跡のような話だったんだ。それも、日常の中でも起こり得る素敵な話で、今でも一言一句《いちごんいっく》鮮明に覚えているんだよ。僕は小さい頃からとにかく読書家でね。小説だけじゃなくて映画やドラマやマンガ、とにかく物語が大好きな子供だった」

それは、聞いてる。小説家になるような人は、そんなにも本を読んで、物語というものを知っているんだって驚いたから。

「今まで何万冊もの小説やマンガを読んできた。映画もドラマも、ものすごい数を観《み》てきた。でも、その奇跡のような話は、似たようなものを聞いたことも読んだことも観たこともないんだ。ひょっとしたらこの世にひとつしか存在しないような、話」

誰も知らないような話をした誘拐犯。

え、でも。

「さっき、殺人犯を捜しているって言いましたよね」

槙村さんは、そう、って言って続けた。

「その男は、僕を迎えに来た父親を殺したんだ」

殺した？

「そして、どこかに逃げて、まだ捕まっていない。どうして父親が僕を迎えに来たのかも、何《な》故《ぜ》父親を殺したのかもわからないし、そもそも何故僕と一緒にいたのかも。まだ小学校の二年生、七歳だった僕は全然わからないまま事件はそのままになっているんだ。全《すべ》てが、未解決だ」

未解決。

あ、じゃあ。

「捜しているのは、その誘拐犯だか殺人犯だかはもちろんだけど、その男が話していた〈今まで聞いたことのないような奇跡のような話〉ってことですか!?」

「そうなんだ。もしもその〈奇跡のような話〉が、この番組宛《あ》てに送られてきたとしたら？その話を知っている者は、僕を誘拐して父親を殺した男か、あるいはその男に最も近しい人間だと思うんだ。何せ、今の今まで僕はその〈奇跡のような話〉を他で聞いたことも観たこともない。それぐらい珍しい話なんだ。僕はそれを探すためにこの番組をやっているんだよ」

マジか。マジなのか。

寧々さんを見たら、大きく頷いた。

寧々さんは一緒にこの番組を立ち上げた人。何もかも知っていて、今までずっとやってきたのか。

信じられなくて、眼を丸くさせたまま槙村さんを見たら、急に噴《ふ》き出して、笑った。寧々さんも、ほとんど同時に。

「え？」

「っていう話は、かなりおもしろいだろう？　小説にしても映画にしてもいいぐらいに」

可笑《おか》しそうに、笑う。

「何ですか、今の全部、ただの作り話なんですか！　槙村さんが作った!?」

笑いながら、すまんすまん、って感じで右手を上げた。

「そんな物騒な話があったら、本当にびっくりしてしまうね。そのまま新作にしてもいいぐらいだと思うんだけど、どうだろう」

やられた。

「びっくりしましたよ！　いやでもそれマジでおもしろいです！」

殺人犯がしてくれた〈奇跡のような話〉を探すために、ラジオ番組で〈あなたの人生の、ある一日〉を募集している。

めっちゃおもしろいじゃないですか！

「いや、いつかこんなふうに話をしようと思っていたんだけどね。今日の夜はなんか雰囲気にぴったりだったから」

「満月の、雨の夜？」

「そうだね。そんな感じ。さて、帰ろうか」

帰りましょう。

放送は二週に一回。

でも週に一回の朗読の録音があるから、また来週。

《J-AIRFM998》
『A DAY IN YOUR LIFE』
『ア・デイ・イン・ユア・ライフ。今日が終わると同時に新たな一日が始まる狭間の一時間。そこにいるあなたの人生の、ある一日をお届けします。その日を綴るのはあなた、編んで読むのは私、小説家の槙村朗です』

こんばんは。

東京の夜空はよく晴れているようです。スタジオの窓から見える街はネオンに照らされて眩《まぶ》しく光を放ち、空を見上げても星はほとんど見えません。

でも、星の光は確実にこの地球に届いているのですよね。ここでは見えないのに届いている何年、何十年、ひょっとしたら何万年も前の星の光。それを知識として知ったのは確か小学生のときだったのですが、実感として捉《とら》えることができたのは中学生になってからでした。

遠い過去の光が、今ここに届いている。それが星の光。凄《すご》いものを毎日毎晩見ることができるんだなと。大げさですが、生まれてきて生きてきて良かったな、と思うぐらいのものでした。

今夜も〈あなたの人生の、ある一日〉をお届けしますが、その前にメールでいただいたお便りを少しご紹介しましょう。

書かれているお名前はご本名でしょうから〈モモ〉さんとしておきます。年齢は二十代後半の女性の方です。

〈槙村先生こんばんは。〉

こんばんは。

〈もう三年ほど前になると思うのですが、花嫁のお父様のお話がありました。娘さんの結婚式の前日に階段で足を踏み外し右足を骨折してしまい、バージンロードを一緒に歩くはずだったのに、車椅子を借りる羽目《はめ》になってしまったというお話です。〉

ありました。

花嫁が、娘さんがお父さんの乗った車椅子を押してバージンロードを歩いたというものですね。お父さんは恥ずかしいやら、でも娘に押してもらうのも少し嬉しかったりという一日の話でしたね。

〈その話がとても印象に残っていたのですが、実はうちの父がやらかしました。まったく同じことを。そうです。結婚式の前日に階段から落ちて、骨折までは行かなかったものの、足首をひどく捻挫《ねんざ》してまともに歩けなくなってしまったのです。実は私、十日ほど前に結婚しました。〉

おめでとうございます！　お祝いとするにはあまりにも手前味噌《てまえみそ》なのですが、番組のステッカーに加えてオリジナルボールペンと私の新刊『早坂《はやさか》食堂の猫』も一緒にお送りしますね。

〈そして、私の父はバージンロードを、私と兄の肩を借りて二人に挟《はさ》まれて歩く羽目になったのです。私も兄も身長が高く、父はちょっと低いので、まるであの捕獲《ほかく》された宇宙人のようだったと列席《れっせき》した皆が言っていました。まだ車椅子の方が格好《かっこう》がついたのかもしれませんが、子供二人に支《ささ》えられるなんてこれほど嬉しいことはなかった、なんて言っていたので良かったかもしれません。〉

そのほほえましい様子が眼に浮かんできます。

お父さんが怪我してしまったのは確かに不運なのですが、ある意味では一生忘れられない思い出となったのですから、これも『災い転じて福となす』のひとつの形として良かったのではないでしょうかね。〈モモ〉さん、どうぞ末永くお幸せに。

あ、それと実は私にも経験があるのですが、捻挫はきっちり治さないと後々《のちのち》響いてくること があります。お父さんには決して無理せずに、養生《ようじょう》するようにお伝えください。

▼

『A DAY IN YOUR LIFE』

【神奈川県　田所義文《たどころよしふみ》　六十歳　会社員】

まだ携帯電話はその影すらない、私が二十代のときです。

電話は一家に一台黒電話の時代からは少し進んで、電器屋さんに様々なメーカーのいろんなデザインの電話機が並んでいた頃です。

そういえば今は家電《かでん》量販店に、スマホではない〈家電《いえでん》の電話機〉などほとんど売っていないのでしょうね。

私もその頃は、薄いグレーの日本のメーカーの電話機を使っていました。子機は、まだなかったはずです。結婚して、子供も一人できていました。

残業があたりまえみたいだった制作関係の職種だったのですが、その日は珍しくほぼ定時で会社から帰ってきていて、久しぶりに晩ご飯を妻と子供と一緒に食べて、子供とお風呂にも入って、テレビを観ながらのんびりしていたときです。

壁際のチェストの上に置いてある電話のベルが鳴りました。立ち上がろうとしたとき、いつもなら〈プルルルル〉と鳴って一拍置いてまた〈プルルルル〉と鳴り続けるはずの音が、二回目は〈プルル〉と、中途半端《ちゅうとはんぱ》な長さで止まったのです。止まった次の瞬間に私が受話器を取ったのです。

あれ？　と思いながら耳に受話器を当てると、何も聞こえてきませんでした。

「もしもし？」と、何度か呼びかけましたが、向こうからは何も聞こえてきません。途中で切ったのなら〈ツーツーツー〉と鳴るのでしょうが、鳴りません。まったく何も聞こえてこないのです。

「どうしたの？」と妻の声。

「いや、何も聞こえないんだ」

向こうが喋らない無言電話でも、繋《つな》がっているのなら周囲の音などの雰囲気がわかりますよね。でも、まったくの無音でした。明らかに、繋がっていないのがわかりました。

フックスイッチ、と言って今の若い人はわかるでしょうかね。それを一度押しました。通常なら〈ツーー〉と聞こえてくるはずの発信音も聞こえてきません。

何度かやってみましたが、無音です。試《ため》しに実家に電話してみましたが、やはり繋がりません。繋がらないどころか、何の音も一切《いっさい》しないのです。

「これは、ひょっとしたら電話機自体が壊れたのかもしれない」

「ええ？」

妻の驚く声。私も驚いていました。

電話機を付けたのは、一人暮らしを始めた頃。確か、十万円ぐらいしたはずです。私と同じような年の方ならわかりますよね。昔は電話の権利を買って電話を付けるのにそれぐらい掛かったのですよ。

電話機が壊れるなんて思いもしませんでした。しかし、電化製品なのですからやはり壊れるのですよね。

壁に掛かっている時計を見たのは、何の意識もありませんでした。ただ見たのです。午後九時四十分ぐらいでした。

今なら、スマホを取って誰か親しい人に電話して、すまないけどうちの家電に電話掛けてみて、とお願いして繋がらないかどうかを確認するでしょうけれど、当然そんな時代ではありません。

家の電話が繋がらないなら、それまでです。

他に連絡手段はありません。

当時はマンションに住んでいて、お隣さんとはそれなりに親しくしていましたが、夜の九時半を回っていました。ちょっとうちに電話してみて、とピンポン鳴らすのもな、と。お隣さんの子供は三歳でした。もしも寝ていて起こしてしまっては可哀想《かわいそう》だし迷惑です。

何度か、電話機の電源を抜いたり差したり、電話回線のコードの抜き差しもやってみましたが、電話機は文字通りウンともスンとも言いませんでした。

完全に壊れていました。

「しょうがない。明日の朝、すぐに買いに行こう」

「そうね」

そうするしかありません。

電話が繋がらない、という状況に陥《おちい》るのは、電話を付けてから初めてのことでしたが、ぼんやりとした不安感に襲われました。でも、本当にしょうがありませんでした。

それから、二時間ほど経《た》った午後十一時半過ぎ。

明日も仕事でしたから、そろそろ寝ようかと歯磨きなどをしていたときです。〈ピンポン〉と、ドアフォンが鳴りました。

びっくりしました。こんな時間に誰かが訪ねてくるなんてことはほとんどありません。まだカメラやマイクが付いているドアフォンじゃありません。ただ、鳴るだけの呼び鈴です。

玄関に行ってドアに向かっておそるおそる言いました。

「はい。どなたですか」

「俺だ。松橋《まつはし》だ！」

会社の、同僚で同期の松橋の声でした。

面食らいました。

何故、こんな時間に松橋が？　明日会社ですぐに会えるのに。しかも、松橋の家は車でもここから二十分は掛かるのに。

鍵を外してドアを開《あ》けると、どこか慌《あわ》てた様子の、そして私を見て安心したような表情を浮かべた松橋がそこに居ました。

うちはマンションの三階でエレベーターもないので階段を上がってきて、息が少し切れていました。

「どうした!?」

「電話、壊れているのか?」

「そうなんだ。何でわかった。電話したのか?」

した、と頷きます。

「お前のおふくろさんから会社に電話があったんだよ。お父さんが倒れて、亡くなられたって」

驚いて、声も出ませんでした。

父は、心筋梗塞《しんきんこうそく》でした。

自宅で倒れてそのまま。

後から確認してわかったことなのですが、母が私の家にその電話を掛けたのは、午後九時四十分頃。

まさしく、あの電話機が壊れた瞬間の電話が、母からの父の死を告《つ》げる電話だったのです。

電話回線に異常はなく、単純に私の家の電話機が壊れただけなので、電話を掛けた母の方では、ずっと呼び出し音は鳴っていたのです。

それなのに、私の家の誰も電話に出ない。何十回も呼び出し音が鳴っているのに、息子も嫁も、孫も出ない。平日の夜だというのに。

母は、父が倒れて死んだというのに、私の家でも何かあったのかとパニックに陥ったそうです。そして、私の会社の名刺が家のどこかにあることを思い出し、探して会社に電話してみました。

たまたまその電話に出たのが、残業していてかついちばん私と親しかった同期の松橋だったのです。

松橋も、母からのその電話を受けて、すぐに私の家に電話してみましたが、やはりずっと呼び出し音が鳴り続けるだけ。

折り返し母に電話して、すぐに私の家に行ってみるので待っていてくださいと告げて、会社を飛び出し、松橋は車を取りに一旦自宅へ帰りました。そう、私の家に行くには車で行くしかなかったんです。一応バスはあったのですが、どこでどのバスに乗ればいいか松橋は知らなかったし、調べている間にさっさと車を取りに行った方が早かったんですね。それに本当に何かあったのなら車があった方がいいという判断でした。

松橋は、私の家に着いて顔を見るまで不安が押し寄せて仕方なかったと言っていました。

ただ単純に〈たまたま電話機が壊れた〉というだけの話なのですが、偶然が重なった不思議な出来事でした。

今も、何かでその当時と似たような電話機を見ると、そのときの感情が甦《よみがえ》ってきます。

どう表現するのがいちばん適切なのでしょうね。不可思議な、奇妙《きみょう》な、不思議な偶然のお話でした。

いつものように、ご本名でお送りくださった方は、私が同じ雰囲気の仮名にしてお送りしました。田所義文さんのある一日のお話、ありがとうございました。

お手紙によると、田所さんの実家はその当時喫茶店を営んでいて、出張で実家のある街に行ったときには必ず寄るようにしていたそうです。

そしてこれもまたひとつの偶然なのですが、その実家の喫茶店に一緒に行ったことのある同僚は、お母さんからの電話を取った松橋さんだけだったそうです。

田所さんのお母さんはもちろん、松橋さんのことをしっかり覚えていて、電話で話したとき少しホッとしたのか、お母さんは泣き出してしまったそうです。

今はもう田所さんも松橋さんもその会社を辞《や》めているのですが、変わらず仲の良い友人として過ごしているとありました。

▲

『A DAY IN YOUR LIFE』

▼

【神奈川県　ミナミ　二十四歳　公務員】

物心ついたときにはもうハナコがいました。

白くて黒いブチ模様がある猫です。その黒い模様が花が咲いたような雰囲気だったので、母が〈ハナコ〉と名付けたそうです。

私が二歳のときに、ハナコはうちにやってきました。近所の知り合いの家で生まれた子猫で、以前から猫好きだった母が、私も二歳になっていろいろわかるようになってきたし、そろそろいいかな、と貰ってきたとか。

私は、今はそうでもないのですが、その頃はとても大人しい女の子だったそうです。猫と一緒になって元気に遊んでくれればいいな、と父母は考えていたとか。

ハナコも猫にしては大人しい子でした。

どこかに爪を立てたり、コードを齧《かじ》ったりするようなこともなく、猫のおもちゃにもあまり反応することもなく、どこか悪いんじゃないかと心配したぐらいに大人しい猫。

でも、とても人が好きで、いつも誰かにくっつくようにしている猫でした。

私が大きくなって一人部屋を貰うと、私がいるときにはいつも私の部屋にいました。なので、私の部屋にハナコ専用のベッドも置いてありました。もちろん、水飲み用の皿も。

私が学校に行っているときには、家にいる母にくっつき、私が帰ってくると私にくっつき、お風呂に入るときにはずっとお風呂のドアの前で出待ちもしていました。

何故か父にくっついていることはあまりなかったのですが、家族で食事をしていると自分も仲間に入りたいのか、よく父の膝《ひざ》の上に乗っかってきていました。そのときは、父がいちばん良かったみたいでしたね。

私は、ハナコと一緒に育ったんです。ハナコとは姉妹みたいなものでした。

大学に入って一人暮らしを始めたときに、何よりも淋《さび》しかったのはハナコがいないことでした。父母と離れることよりも、ハナコがいないことが本当に淋しかったのです。

そして何よりも心配だったのは、私が家にいないうちにハナコが死んでしまうこと。

ハナコが家に来て十六年が過ぎていました。長生きな猫は二十年も生きることがありますが、それは誰にもわかりません。

お盆やお正月、夏休みや冬休みで大学のある街から実家に帰る度に、ハナコの身体《からだ》が小さくなっているのがわかりました。撫《な》でると、抱っこすると骨がわかるようになっていくんです。

大学三年生の秋でした。バイトで飲食店に入っていたのですが、休憩時間にスマホを見ると、母から何度も着信が入っていました。

ハナコが、もう駄目《だめ》かもしれないと。

その半年ぐらい前から食が細くなり、何度も動物病院に行っていたのですが、どこが悪いのかと言えば全部悪く、老衰だと。その日は朝に痙攣《けいれん》を起こしてまた病院に連れて行ったのですが、もうどうしようもありませんと。

お医者さんから、安楽死という手段もありますがと言われて悩みましたが、母は家に連れて帰ってきたそうです。

午後六時半でした。バイトが終わるのは夜の九時です。実家までは電車で二時間近く掛かります。最終の電車には間に合いますが、家に着くのはどう頑張《がんば》っても零時近くになります。バイトを途中で抜けることはできませんでした。ただでさえ忙しい時間帯です。泣きそうになるのを堪《こら》えながらバイトを続け、終わると急いで駅に向かいました。

母には必ず帰るから、ハナコにそう言ってと伝えておきました。でも、向かっている途中に駄目だったという連絡は欲しくなかったので、家に着くまで連絡しないで、と。

家に着いたのは、午後十一時四十五分ぐらい。

ドアを開けると、玄関を入ってすぐのところに、自分のベッドに横たわるハナコがいました。母もその横に座っていました。

「ハナコ、待っていたよ」

母が言いました。

ハナコは、まだ生きていたんです。ずっと母は「もうすぐミナミが帰ってくるからね。頑張ってね」とハナコに言い続けていたそうです。

ハナコに手を伸ばしました。もう骨と皮だけのようになってしまった身体。小さくなったハナコ。

顔を撫でると、ハナコが指を嘗《な》めてくれました。小さく、細く、ニィと鳴く声が聞こえました。

「ハナコ」

ハナコが何か言ったような気がしました。そこで、身体が震《ふる》えたかと思うと、ハナコから何かが抜け落ちていったように沈んでいきました。

息絶えたのです。

本当に、本当にハナコは私が帰ってくるのを待っていてくれたんです。

ただそれだけのために。

▲

ハナコはきっと虹の橋のたもとで、いつかミナミさんがそこに来てくれるのを待っているのでしょう。

私も、実家で犬を飼っていたことがあります。私が生まれた頃には既《すで》に老犬でしたので、小学校に上がるときに死んでしまい、自分でも驚くほどに泣いたのを覚えています。

ミナミさんの〈ある一日〉、ありがとうございました。


『A DAY IN YOUR LIFE』

『あなたの人生の、ある一日を募集しています。何でもない一日、奇跡を感じた一瞬、幸せだった日々、不思議なことがあった日。どんな一日でも結構です。メール、ファックス、手紙、葉書などできる方法でお寄せください。いただいた〈あなたの一日〉は私が読みやすい物語に仕立てて、この番組でお送りします』

*

ＣＭに入ったところで、槙村さんがヘッドホンを外すと同時に僕も外す。

「お疲れ様です」

「お疲れ様でした」

いつも槙村さんがヘッドホンをクリーニングクロスで丁寧に拭いていくから、一緒になって拭くようになってしまった。

いつもならチーフの寧々さんが隣のビルにある〈藤森珈琲〉のブレンドコーヒーを三つトレイに載せて持ってくるんだけど、今日はサブの横山《よこやま》ちゃん。

「寧々さん、ひどいのかな」

「本人は大丈夫だって言ってましたけどね。大分治《なお》ってきたんで、明日にでも復帰するって」

風邪を引いたらしい。身体は何ともないんだけど、咳《せき》がひどいから治まるまで休むって。

どこでもそうだろうけど、特にラジオ局では咳は拙《まず》い。その音もそうだし、喉《のど》を仕事道具にしている人たちばかりなのに、風邪をうつしてしまってはとんでもないことになる。だから、ここでは少しでも風邪の兆候《ちょうこう》があるのならすぐに休むのが鉄則《てっそく》。

「電話を取ったのは僕なんですけど、いつにも増してドスの利《き》いた声になっていましたけどね」

槙村さんが笑った。寧々さん、顔は可愛いらしいんだけれど声がすごくハスキーなんだよね。酒焼《さけや》けじゃないかって皆が言うぐらいの酒豪《しゅごう》だし。

「槙村さんと寧々さんって、この仕事をする前からの友人だって聞いてますけど、どういう知り合いだったんですか?」

年齢は六歳も違うから、同じときに同じ学校に通ったとかはないだろうし、そもそも寧々さんは神戸《こうべ》生まれで、槙村さんは確か鎌倉《かまくら》の方だったはず。

うん?　って顔をしながら槙村さんがコーヒーを一口飲みながら、小さく頷く。

「聞いてなかったのか。実は、僕と寧々さんは血は繫がっていないけど親戚《しんせき》なんだ」

「あ、そうなんですか?」

初耳。

「遠戚《えんせき》、か。いや姻戚、と言うのかな」

「いんせき」

全然漢字が浮かんでこない。

「結婚したことで繫がった親戚だね。婚姻の姻と親戚の戚で、姻戚だよ。僕の年の離れた従兄《いと》弟《こ》が、寧々さんの従姉妹《いとこ》と結婚しているんだ」

あ、それで親戚に、いや姻戚になったのか。

「だから、初めて会ったのはその結婚式だったよ。僕はまだ小学生で、彼女は高校生だったかな」

「へー、いいっすね。きれいなお姉さんだったんじゃないですか高校生の寧々さん」

「きれいだった、って過去形で言ったたって言いつけるぞ」

「止《や》めてくださいよ。じゃあそれから仲良くなって」

いや、って首を横に振った。

「そこでは挨拶《あいさつ》してちょっと話した程度。何せあっちとこっちの親戚で赤の他人だし子供だったからね。その次に会ったのは、僕が小説家でデビューしたときだよ。だから、僕が大学生だった十一年前だね」

そうだった。槙村さんは大学在学中に新人賞獲《と》ってデビューしたんだった。

「もう彼女はここのディレクターになっていて、インタビューしに来たんだよ。『仲村さんところの一朗くんだよね？　覚えてる？』って」

そうか。そこからだったんだ。

「それで付き合いが始まったんですね」

寧々さん、文学部出身でめちゃ読書好きだしね。

「偶然なんだけど、親戚ではない共通の知人もいたしね。そうだね、その頃は住んでいるところも近かったし、親戚だっていう気安さもあって毎日のように会うようになっていったかな」

「毎日のようにって」

それはまたなんで。いくら親戚同士とはいえ。

「猫がね」

「猫」

「寧々さんのところのマッキーいるだろ」

「マッキー、いますね」

寧々さんの家の猫だ。

猫好きの寧々さんのマンションには三匹も猫がいる。トラ猫でいちばん年寄りのマッキーと、黒猫のクジラと、いちばん若い真っ白な猫のうどん。黒いからクジラで真っ白だからうどんっていうそのネーミングもどうかと思うけど、寧々さんらしいと言えばらしい。

「あのマッキーは、僕の猫だったんだよ」

「あ、そうなんですか」

「そのインタビューで会ったときにはね、マッキーはまだ一歳ぐらいの元野良猫で、うちにいたんだけど、アパートはペット禁止でさ」

禁止だったんだけど、雨の日に勝手に部屋に入り込んできたマッキーを、槙村さんはこっそり部屋で飼っていた。

「部屋を引っ越すかそれとも飼ってくれる人を探すか困っていたんだけど、そのときに寧々さんとまた会うことができて」

「寧々さんが飼ってくれたんですね？　マッキーを」

そう、って嬉しそうに笑《え》みを浮かべた。

「近かったから、様子をすぐに見に行けたし、何よりも親戚だっていうのもあって」

「部屋に上がり込むのも気安かったし、寧々さん世話好きな人だから一人暮らしの槙村さんに晩ご飯作って食べさせたりしたんでしょきっと」

「その通り」

すっごくわかる。寧々さんそういう人なんだ。

「あれ、じゃあマッキーって名前は、ペンネームの槙村から」

「いや、逆」

「逆」

「賞に応募したときは本名だったんだけど、デビューするときにペンネームにした方がいいんじゃないかって言われてね」

「あ、そうなんですか。小説家ってそういう感じですか」

「人それぞれだけどね。最初からペンネームで応募する人もいるし。僕の場合は本名がそもそも地味で小説家らしくないと言われてしまって」

確かに。

〈仲村一朗〉さんは、地味と言えば地味だ。小説家というよりは、舞台を主《おも》にする役者さんみたいな感じ。

「じゃあペンネームをどうしようかって考えたときにマッキーがもういたので、本名と合わせて槙村でいいかって」

雑ですね決め方。

「マッキーはそもそもどうしてマッキーに」

「うちに入り込んできたときに、まずあの油性マーカーのマッキーでよく遊んでいたんだ。自分で転がして」

「あぁじゃあ今はそのマッキーでよく本にサインをしているからっていうオチもついたと」

笑った。オチはつけなくてもいいんだけど、そういうことか。

「サインって言えば、この間、共感覚の話をしてくれたじゃないですか。人が書いた文字を見て、その色で事実か事実じゃないかがわかるって」

うん、って頷く。

「あれ、実際どういうことなんですかね？　いや槙村さんが長年研究と分析をして、自分が見ている文字の色にそういう傾向があるとしたってのはわかるんですけど、実際問題、人が書いた文字にそんな意志が宿るみたいなことはあり得《え》ないじゃないですか」

そうだね、って頷いた。

「書いた文字はただ書いた文字だからね。そこに嘘とか事実とかが映《うつ》り込むことなんかあるはずないし、そもそも僕が見ているその世界を現実には持ってこられないから科学的な証明もできない。だから、たぶんでしかないんだけど」

そう言って槙村さんが、テーブルの上にあったボールペンと、台本を取った。

「試しに、矢川くん、ここに〈嘘〉と〈事実〉を書いてみてよ」

「嘘と、事実？」

「もちろん、僕の知らない事実ね。何でもいいよ。たとえば、子供の頃にお父さんに怒られたこととかさ。絶対に僕が知り得ない〈事実〉と、同じように知り得ないそれらしい〈嘘〉」

それを書けば、見分けられるってことか。

「えー、じゃあどうするかな」

知り得ない事実か。

じゃあ小学六年生のときに学校の帰り道で大きい方を漏らしちゃったことを書くか。そして、嘘は、あ、それとまったく似たような内容で、小学六年生のときにおねしょをしてしまったと。

「あ、三つか四つぐらい書いてね。二つだと確率五割だからさ。わりと当たったりするから」

「そうですね」

なら、あと二つ。

うん。初めてのセックスだ。

これは本人以外誰も知らない。初体験の相手の名前は坂内澪《さかうちみお》。これは本当で、もうひとつはまったくの偽名。なんにするかな。あ、同級生の名前にしとくか。小松真里奈《こまつまりな》。どっちも元気かな。小松のこともわりと好きだったからな。

ついでにもう一個書くか。

姉貴がこの間離婚しました。これは、あまりにもひどい離婚だったので誰にも言ってないから知らないはず。

これ全部嘘か事実か当てたら、スゴイよな。

「これで、どうですか」

台本の裏に書いた、事実が三つと嘘が二つ。

槙村さんがそれを読んで、くすっと笑う。

「わかりやすいなぁ」

「え、わかりやすいんですか」

「不思議なんだけど、書いた文字ってその人の性格も出るんだよね。大きい方を漏らしたこと、坂内澪さんが事実だね。他の二つは嘘。そしてお姉さんが離婚したのは、事実だね」

全部当たり。

「マジスゴイっすね！　超能力じゃないですか本当に」

「僕としては、ただそういうふうに色で見分けられるだけだから全然凄いことじゃないんだけど、客観的に見るとほとんど超能力みたいだな、とは思う」

「色が違うんですか。嘘は赤で、事実は緑みたいな」

「そんな感じかな。はっきりと分かれるわけじゃないんだけど、いちばん近い感覚は蛍光のマーカーで文字に線を引くよね。あんな感じで色が乗っかって見えてくるような雰囲気。薄ぼんやりとしているのもあるし、矢川くんの文字みたいにはっきりと色が見えるのもある」

そうか、俺のがわかりやすいってはっきりくっきり色が乗るのか。

槙村さんは、少し顔を顰《しか》めた。

「お姉さんの離婚は、何かかなりひどいものだったのかな。いろいろな問題を含んでいそうだけど」

「そんなのもわかるんですか!?」

「何となくね。色合いで伝わってくる」

スゲェな槙村さん。

え、ちょっと待って。こんなマジな能力なら、この間言ってたことって。

《J-AIRFM998》

『A DAY IN YOUR LIFE』

『ア・デイ・イン・ユア・ライフ。今日が終わると同時に新たな一日が始まる狭間の一時間。そこにいるあなたの人生の、ある一日をお届けします。その日を綴るのはあなた、編んで読むのは私、小説家の槙村朗です』

こんばんは。

東京のスタジオがあるこの辺《あた》りは夏の嵐でしょうか、今夜は強風が吹き荒れています。基本的にはビル風というのでしょうか。普段でも強い風が通り過ぎることは多いのですが、その数倍の強さの風が吹いていて背中を押されて思わず早足になるほどでした。

そんな日に長いコートを着てきてしまい、はためき過ぎたコートの後ろで縛っていたベルトに後頭部を殴られるという滅多にない経験をしてしまいました。まったく予期していなかったのでかなり驚きましたね。誰もいないのに後ろから殴られましたから。

昔の人は、そういうわからない事象《じしょう》を妖怪のせい、などとしたこともあったようです。私は強く殴られたと感じましたが、強風が吹いた後に皮膚に傷が付いたりしているとそれは〈鎌《かま》鼬《いたち》〉という妖怪に切られたのだと。その名はきっと皆さんにもお馴染《なじ》みでしょう。

日本は古来たくさんの妖怪の類《たぐ》いが語られてきました。きっと誰もがひとつふたつどころではなく、多くのその名を言えるはず。

妖怪も共に住んでいる国、というのは私は結構気に入っているのですが、あなたはいかがでしょう。

今夜も〈あなたの人生の、ある一日〉をお届けしますが、その前にメールなどでいただいたお便りを少しご紹介していきましょう。

ラジオネーム〈猫娘《ねこむすめ》〉さん。十八歳の高校を卒業したばかりの女性の方です。これも、妖怪の名前ですね。

〈槙村さん、こんばんは。〉

こんばんは。

〈槙村さんも猫を飼っているんですよね。うちにはキャルという名前の猫がいます。うちに来たのは私が三歳の頃なので、もう十五歳ぐらいのおばあちゃん猫です。でも、今でも子猫みたいに遊ぶのが大好きなすごく元気な猫なんです。〉

猫は本当に個体差があって、全然遊ばない猫もいれば、抱っこが嫌いな猫もいますよね。

〈そのキャルなんですけど、この間、尻尾《しっぽ》の先が二つに分かれていることに母が気づきました。飼い猫が年を取ってなる〈猫又《ねこまた》〉っていう猫の妖怪は尻尾が二つになっているんですよね？何かのマンガみたいに尻尾が二本になっているんじゃなくて、本当に先っぽの毛が見事に二つに分かれたんです。〉

皆さんにお見せできないのが残念なんですが、写真も送られていまして、本当に見事に先っぽは、カニのハサミみたいになっているんですよ。見事です。

〈何かの病気かって心配になって動物病院にも行ったのですが、獣医さんも『うーん?』って首を捻《ひね》るだけでした。でも、先っぽの毛の生《は》え方《かた》がこんなふうに分かれてしまっているだけなので、まぁ変わった髪形になったぐらいに思っておきましょうかって。でも、私はそのうちにキャルが喋り出すんじゃないかって期待しています。〉

私も猫は好きで長年いろんな猫を見てきましたが、こんな尻尾の猫に会ったのは初めてですね。非常に貴重だと思います。年取ってからなったというのも、またおもしろいですね。

〈猫娘〉さん、そのうちにキャルが喋り出したら、こっそりでいいから教えてください。

『A DAY IN YOUR LIFE』

▼

【千葉県　シャイママ　三十五歳　会社員】

中学生のときの話です。今から、二十年前です。

私は美術部に入っていました。三年生のときには五人しか部員がいなかったけれど、皆が仲良しでとても楽しかったんです。

そのときは、一年生女子が二人、二年生が男子と女子の二人、そして三年生の私が女子で一人で部長でした。

顧問《こもん》の先生は、高幡《たかはた》先生でした。その当時まだ二十代で若くてちょっとカッコよくて、皆の人気者でした。

その夏に、合宿と称して全員で町の近くの山にあるキャンプ場に行ったんです。名目上《めいもくじょう》は合宿で自然を描《えが》くことだったんですけど、単純に高幡先生がそういうアウトドアが大好きで。毎年夏に行っていたんです。ですから、私は三回目の夏休みキャンプでした。

その年、放送部も一緒に行くことになりました。何故かはわかりませんが、放送部も一応名目は合宿で、自然に触れ合うことで感性を養うとか何とか。

放送部の顧問の先生は新浜《にいはま》先生。三十ぐらいの女の先生でした。私はよく知らない先生でしたけど、とても大人しくて地味な感じの先生でした。そして、偶然にも放送部の部員も五人。一年生は男子と女子の二人、二年生が女子二人、三年生の部長が男子一人という構成です。

知ってる子もいたし、知らない子もいたし。でも、キャンプ場へ向かうバスの中でもう全員が仲良くなっていました。文化系ですからね。なんかこう強い！　って感じの子もいないし、皆がわりと大人しくて、静かで、地味に楽しもうという感じで。

キャンプそのものは、普通でした。

テントを皆で協力し合って張ると、美術部は好きなところでスケッチしたり、イーゼル立てて水彩画を描いたり。二人で合作をする子もいました。

放送部は、すぐ近くの湖のところまで行って、皆で発声練習をしたり、朗読し合ったり。ちょっと声優みたいに脚本を読んで演技をしたり。そういうことをして過ごしていました。ほとんどの時間はいろいろ遊んでいたりしたんですけど。

晩ご飯には、皆でカレーライスを作って食べました。その美味《おい》しさは今でも忘れません。外で皆で作って食べるカレーライスってどうしてあんなに美味しいのでしょうね。

そこまでは本当にただ楽しくて、でも、普通のキャンプだったんです。事故もなく、誰かが怪我したり熱を出したりすることもなく、そのまま終われば普通のキャンプ。

夜になって、焚き火をしていました。そこは焚き火ができるところだったんです。皆で火を囲んで、インスタントコーヒーに温《あたた》めた牛乳を入れて飲んだり、お喋りしたり。先生に将来の希望なんかを全員が発言させられたり。

はっきり覚えていますけど、放送部の二年生の横山さんでした。ちょうど私の隣に座っていたんです。

「あれ、なに？」

彼女が空を指差して、そう言いました。彼女が指差した向こうは満天の星。そこに、明らかに星とは違う光が見えていました。

それも三つも。

星よりも大きく明るく色を変える三つの光が三角形に並んで、空を飛んでいたんです。

しかも、ジグザグに。あちこちに向かって。

全員が空を見上げていました。もちろん、高幡先生も新浜先生も。

「ＵＦＯだ！」

「スゲェ！」

「本当に？」

皆が口々に言います。その間も三角形に並んだ三つの光は、星空を自由自在に、ジグザグに飛行を続けていました。

「あれは、ＵＦＯとしか思えないな」

高幡先生が、唸《うな》るように言いました。

「明らかに、人類の手による飛行物体の動きではないですね」

新浜先生も言いました。

カメラを持ってきていた人が何枚も写真を撮っていましたけど、その頃のカメラの性能で、まともに写っているものは一枚もなかったんです。

その飛行ショーは、たぶん五分ぐらい続いて、突然、本当に突然に三つの光が消えて、終わりました。

しばらく皆でそのまま夜空を見上げていましたけれど、それからは何も起こりませんでした。流れ星がひとつ流れただけです。

帰ってから皆にこのことを話しました。先生も見たと言っているので信じてくれる人もたくさんいましたけど、やっぱり人って自分の眼で見ないと本当には信じられないんですよね。

でも、二人の教師と十人の生徒は「あれは間違いなくＵＦＯだった」と今も確信しています。

そこまでなら、不思議な夏の一夜を過ごした教師と生徒たち、という話で終わったのですが、あれから二十年が経っています。

私は今、三十五歳になっています。夫は、同い年で、実はあの夜に一緒にＵＦＯを見た放送部の部長です。

そして、あの夜にＵＦＯを見た大人二人と子供十人は、全員がそれぞれパートナーになっているんです。

そんなことがあるのか、と思いますよね。

あるんです。ここに。

もちろん、結婚あるいは一緒に暮らし始めた時期は全然バラバラですが、今現在もそれぞれがそれぞれと一緒に暮らしています。

もちろん、高幡先生と新浜先生も。今では高幡夫妻です。

同窓会というか、その十二人皆で集まったこともあったのですが、『ひょっとしたら俺たち全員あの夜にＵＦＯに拉致《らち》されて、それぞれ恋するように手術でもされたんじゃないか』って笑い話も出たぐらいです。

案外そうかなって。それだったら宇宙人も粋《いき》なことするなって。いや粋か？　とか皆で笑い合っていました。

宇宙人の仕業《しわざ》かどうかはともかく、いろいろあるけれども、今は私たちは幸せに暮らしています。

人生って、不思議なことも起こるんですよね。

▲

これは、本当に不思議な話でもあり、素敵な話でもありますね。

私の同級生にも、同じクラスで過ごした者同士で結婚もしくはパートナーとして暮らしている人たちがいます。数《かぞ》えてみましたが、小学中学高校大学と全部合わせて、知っているだけでも八組、十六人いました。たぶん、知らないだけでもっといるでしょう。

出会いの場、として考えるなら学校というのは人生において大きくそして長く続く出会いの場でもありますよね。愛情だけではなく、友情というものにおいても。私も、学生時代からずっと続く友人は何人もいます。

UFOを見た夏の夜を過ごした計十二人が、その後全員それぞれにパートナーとして暮らしている。

不思議な一日のラストシーンとして、これ以上のものはないように思います。どうぞ皆さん、末永くお幸せに。


『A DAY IN YOUR LIFE』

▼

【神奈川県　カウボーイ　大学生】

去年の夏です。

同じ大学に通い、同じサークルで活動する男四人で北海道旅行に行きました。サークルというのは温泉同好会です。ただただ、温泉に入るのが好きなだけのサークルです。ふざけているとかバカかとか言われますが、真剣に温泉の歴史や効能や観光地としての現状などを調べ、そしてゆったりと温泉に浸《つ》かることを目的としています。

僕自身は、祖父が銭湯を経営していたというのもあります。今も実家のある町でやっているんですが、小さい頃から本当に大きなお風呂の銭湯が大好きで、銭湯同好会というのもやっています。

北海道は日本有数の温泉天国でもあります。温泉地数でも全国一位。北海道の温泉地を廻《めぐ》るというのも、サークルの目的のひとつでもあったんです。もちろん、費用はバイトで稼《かせ》いだものです。親の脛《すね》をかじるバカ息子ばかりじゃないです。

レンタカーを借りて四人で乗り込み、北海道を廻り出した二日目の朝です。ある温泉へ向かっている途中でした。道がほとんど真《ま》っ直《す》ぐに延びているいかにも北海道らしい風景の向こう、道路の端に変なものが見えたんです。

「あれ、車が落ちてないか？」

運転していたKが言いました。間違いなく車が道路横の斜面に落ちていました。急いでそこまで車を走らせ手前で停《と》まり、全員で駆け寄りました。

車はほぼ横転《おうてん》していました。誰かいるのかと声を掛けようとしたとき、気づきました。女性と、子供です。文章で的確に表現するのが難しいんですが、落ちた衝撃で車のウィンドウは割れ、そこから女性と子供が半分落ちかけていました。しかも血を流して気を失っていました。

車も、それ以上何かすると滑《すべ》って落ちていきそうでした。落ちていったなら女性と子供は今度は車に挟《はさ》まれるかもしれませんでした。

全員が一瞬でその状況を理解しました。

救う方法は、四人で車を持ち上げるしかありません。僕らのレンタカーを使ってロープで引っぱり上げるのは無理でした。とにかく車は今すぐにでも滑り落ちるかそのまま横転するかという微妙《びみょう》な状況だったのです。

やるしかありませんでした。他に車は全然来ません。警察と救急車は呼びました。でも、この広い北海道。どこから来て何分で着くのかわかりません。

「やるぞ！」

火事場の馬鹿力って、本当にあるんだな、と、まさしく実感というか、実体験しました。自分たちも信じられませんでした。

スポーツも何もやっていない、文化系ともいえない、温泉同好会というただただ非力な僕たち四人が、たぶん一トン近くもある乗用車を自分たちの手で持ち上げて、道路まで運び上げることができたんです。

その後、救急車も警察も来て、全部説明して僕たちもかなり遅くなってから目的地の旅館に着いたんですが、ご想像通り、全員がひどい筋肉痛に襲われました。

晩ご飯で箸《はし》をあげるのも茶碗を持つのも辛《つら》いほどに。

四人で両腕を震わせながら、笑いながらご飯を食べました。特に病院に行ったわけじゃないですけど、たぶん筋肉の断裂《だんれつ》とかもあったんじゃないですかね。

でも、温泉を廻って治《なお》っただろうと皆で話しました。

僕たちが助けた女性と子供は、想像通りお母さんと息子さんでした。

そのお母さんと息子さんから、手紙も届きました。怪我はちょっと大きかったけれど、無事に治ってお子さんは元気に学校に行っているそうです。警察から感謝状も届きました。本当に良かったです。自分たちの人生で、ひとつでも自慢できることができて良かったです。

たぶん、一生忘れないであろう一日でした。

孫ができても、自慢話にできると思います。

▲

お見事でした。本当に素晴らしいと思います。

きっと皆さんは、この先の人生でどんな困難に当たっても、その冷静な判断力と実行力で人生を切り開いていけるでしょう。それぐらいのことを、やってのけたのです。

そしてたぶん、温泉同好会は一生続いていくのでしょうね。四人で、あるいは将来できるかもしれない家族も含めて。たくさんの笑顔で温泉に浸かって、その日のことを思い出して話し合うのでしょう。

温泉、入りたくなりました。私も、温泉は大好きです。書き下ろしなど苦労して書き上げたときには、温泉でゆっくりしたくなります。

『A DAY IN YOUR LIFE』

『あなたの人生の、ある一日を募集しています。何でもない一日、奇跡を感じた一瞬、幸せだった日々、不思議なことがあった日。どんな一日でも結構です。メール、ファックス、手紙、葉書などできる方法でお寄せください。いただいた〈あなたの一日〉は私が読みやすい物語に仕立てて、この番組でお送りします』

＊

今夜はスタジオに槙村さんはいない。寧々さんがただ座っていて、キュー出ししていただけ。まぁ寧々さんもスタジオにいる必要はまったくないんだけど、そこは一応生放送の臨場感ってやつだ。そういうものがないと、僕らの緊張感もなくなってしまう。そうすると、普段は絶対にしないような凡ミスをしてしまうものなんだ、というのが、寧々さんの弁。

でも、確かにそうだと思う。

もう伝説になっているけど、録音放送でただ定時にテープを流すだけなのに、よりによって流すテープを間違えて、しかも誰もそれに気づかないでCMまで行ってしまったという事件があった。録音放送だからって部屋にいる誰もそれを聞いていなかった、誰かが聞いているだろうと調整室にいる全員がそう思っていた、という本当に凡ミス。

コワイよなー。生放送で十秒間沈黙するよりずっとコワイ。

「寧々さん、コーヒー飲みます？」

マイクで言うと、ガラスの向こうでグッと親指を立てた。本当に寧々さん、あんなに可愛らしい雰囲気を持つ大人の女性なのに、いちいち男前過ぎる。

コーヒーを持って、ブースに入っていく。

槙村さんはいないけど、いつもの仕事終わりの習慣は外したくないよね。それはわかる。大体僕らラジオの人間って、ひょっとしたらテレビもそうかもしれないけど、いつもの時間のいつものことはきちんとやらなきゃ気持ち悪い、崩《くず》したくないという人が多いと思う。タイムスケジュールは、絶対なんだ。

「はい、どうぞ」

「ありがと」

「槙村さん、聴いていましたかね」

寧々さんがコーヒーを一口飲んで、頷く。

「神経質な人だからね。やたら細《こま》かいし完璧主義者だし。私たちのあら探ししながら聴いていたかも」

笑った。

「何でいないところで悪口言ってんですか」

「私ぐらいは親戚として人間として正当な評価をしないと。彼はもう作風から顔立ちから声から〈知的で優しくて善《よ》い人で紳士〉って思われちゃってるから」

「いやそれでいいじゃないですか」

だって本当にそうだと思うし。いや、知らないところではひょっとしたら真っ黒ダークな槙村さんがいるのかもしれないけどさ。

「大丈夫ですかね？　次の収録」

「そう言ってる。まぁ大丈夫でしょう」

今度は槙村さんが風邪を引いちゃったんだ。そんなにひどくはないんだけど、まず喉に来る人なんだね。あまりにも声がひどくなっちゃっているから、今日の生放送はなしになった。

こういうときのために、槙村さんが生で喋る部分は常にいくつか録《と》って残してある。今日はそのひとつを使ったんだ。たとえ同じ人が喋っていたとしても、声にはその日の調子ってものがある。話すトーンだって常に同じじゃない。ラジオを日常的に聴いている人たちは、意外とそういうものに敏感な人が多い。同じ放送なのに、さっきと喋っているトーンが違う、なんて気づかれたらそれはこっちの大いなるミスだ。もちろん、朗読部分は録り溜《だ》めって皆が知ってるからいいんだけどね。

だから今日は、前振りと最後を録り溜めてあるものの中から、きっちり同じトーン、同じ調子、同じ雰囲気のものを選んでなおかつ調整して、その日の放送もいつもと同じように生放送なんだと思われるようにして、流す。

今日もバッチリで、まずバレることはない。や、悪いことしてるわけじゃないからバレてもいいんだけどさ。

「火事場の馬鹿力って、経験ある？」

寧々さんが言う。

「実はあるんですよ俺」

「どんなの」

けっこうスゴイんですよ。

「高校のときに地震があったんですよ。父方の祖父ちゃんが死んじゃって、通夜《つや》に行ったんですよね。そのままじいちゃんちに泊まって明日は葬儀に出るっていう夜に。震度４ぐらいだったんでそんなに騒ぐほどのものじゃなかったんですけどね。タンスが倒れてきたんです」

「どこに？」

「じいちゃんちの和室で寝ている俺に向かって。もう真っ正面ですよ。そのまま倒れてきていたら、まぁ大怪我はしないまでもどっかの骨ぐらいは折れてたんじゃないですかね」

「大変じゃないの。そこで発揮《はっき》したの？　火事場の馬鹿力」

出ましたよ。

「何せ寝ていたんですから。えっ！　と思った瞬間に真っ暗闇の中、タンスの黒い影が覆《おお》い被《かぶ》さってきて、俺はこの右手の拳《こぶし》でガッ！　って支《ささ》えたんです。タンスを」

「凄いじゃないの！」

「しかも支えた次の瞬間にうおおおっ！　って元の位置まで押し戻していましたからね。どうやって起き上がったかも覚えてないぐらい」

あれはマジで覚えていない。

「それは中々のエピソードだわ。投稿してみたら」

「『A DAY IN YOUR LIFE』に？」

笑った。

「匿名《とくめい》希望で出したって、槇村さんのあの能力で見抜かれるじゃないですか！　これを書いたのは矢川じゃないかって」

ゼッタイあの人ならわかるなきっと。

「あの、寧々さん」

「うん」

「この間からずっと槇村さんのあの話が気になってるんですけどね」

「あの話」

あれですよ。

「誘拐されて、お父さんが殺されて、その犯人が話してくれた〈奇跡のような話〉を探すためにこの番組をやってるって話。冗談みたいに言っていたけど、マジなんですよねきっと」

寧々さんが、少し笑みを見せる。

こういう微笑み方とか見るとすっげぇ雰囲気のある美女で、年上でも惚《ほ》れちゃうし実際一度は惚れ掛かったんだけど、残念なんだよなぁいろいろと。酒癖悪いとか、男前過ぎるとか。

「まずね、矢川」

「はい」

「槙村さんが、リスナーから送られてくる〈ある一日〉の話が本当か嘘かを見抜けるのは、本当」

うん、それはもう充分にわかりました。

こないだ寧々さん休んだときにさんざん試させてもらったので。あれはもう超能力ですよねマジで。ちょっと地味だけど本当に犯罪捜査に使えそうじゃないですかね。

「それもあって、私と一緒にこの番組を立ち上げたのも本当。お蔭様《かげさま》で地味だけど人気長寿《ちょうじゅ》番組よね」

「そっすよね。俺もずっと好きですもん。ヘタな映画観《み》るよりこれ聴いてる方がずっとストーリーを楽しめますよ」

「槙村さん喜ぶわ。いちばん身近にいちばんのファンがいるって」

いやいやそんな。

「それでね、槙村さんが言う〈まるで奇跡のような話。それも、日常の中でも起こり得る素敵な話〉が、誰かによって彼に語られたというのは、本人がそう言ってるから、事実。彼はそれを探したくてこの番組をやっているようなものっていうのも本当だから」

「いやもうそれだけでもドラマですよね」

二時間ドラマで上質なものを作れますよきっと。

「彼が半ば冗談にしているから、私もそれに合わせているんだけど、槙村さんのお父様が彼が小さいときに亡くなっているのも、事実。そしてね、彼がその頃に、行方《ゆくえ》不明のようなものになっていたことがあったのも、事実みたいね」

事実ばっかり増えていくけど。

「それは、本人がそう言っているんですよね」

寧々さんが、唇をへの字にした。

「そこは、はっきり言わないんだ。自分が作った話みたいにするんだけど、でも、私もほら血が繋がっていないとはいえ親戚だからさ。彼の血の繋がった親戚に会うこともあったのよ。そのときにね」

「訊いたんですね」

「訊いた。小さい頃にお父様が亡くなったことも、そしてその時期に彼が一時行方不明になっていたことも。ただし、その人もほとんど交流のないいとこだったので、詳《くわ》しいことは知らなかったのよ」

いるよね、全然交流のない親戚って。

「うちの親も両方ともやたらきょうだいが多くて、親父は四人きょうだいでおふくろは何と五人もいるんですよきょうだい」

「それは、なかなか珍しいわね近頃では」

ですよねー。

「それで、俺も会ったこともない血の繋がった親戚ってやたら多いんですよね。槙村さん、いや仲村一朗さんの家族って、きょうだいとかいないんでしたっけ」

「いないわ。今は家族はお母様だけね」

独身だしね。どうしてあんなにいい人で、そこそこ小説家としても売れて、なかなかのイケメン、いやイケオジか。なのに独身なのか。ゲイではないとは思うんだけど。

「家は鎌倉の方って聞いたんですけど。ですよね？」

頷いた。

「鎌倉の方ね。正確には三浦郡《みうらぐん》葉山町《はやままち》ってわかるわよね」

「葉山マリーナとかある方ですよね」

「そっちの方。今もそこで、お母様が確か下の妹さん夫婦と、槙村さんにしてみると叔母《おば》さん夫婦ね、三人で暮らしているって聞いてるわ。それは、槙村さん本人から聞いたから間違いない」

葉山町ね。

「お母さんがご健在《けんざい》でいるのに、お父さんが亡くなったときのこととか誘拐のときのこととか、自分でもよくわかっていないっていうのは、どんな事情があるんですかね。いくら何でもお母さんはよく知っているでしょ」

「私もそう思うけど、でも本人がそう言って曖昧《あいまい》にして物語だよってしているんだから、こっちとしてはそんなつっこめないでしょ。どうしてとか知りたいなんていうのは単なる興味本位なんだし。でしょ？」

まぁ、そりゃそうですけどね。

「本当のところ、槙村さんに訊いても話してくれないですよね」

「それも、わかんないわね。真剣に真実を知りたいって言えば教えてくれるかもだけど、でも、彼も、この間も言ってたように、本当のところが何もわかっていないからああいうふうに物語だってあやふやにしてる、と、私は思ってるんだけど」

いやもう、すっごく気になる。

「寧々さん。たぶんですけど、槙村さんのお父さんが亡くなられたのも、槙村さんが誘拐されたのも、きっと生まれ故郷の鎌倉の方ですよね」

寧々さんは、ん？　って感じで首を捻る。

「どうでしょうね。わかんないけど、小さい頃の話なんだからたぶんそうだと思うけど。ねぇ気になるのはわかるけど、私と二人でこういうふうに話してても不毛よ。本人に訊けばいいじゃない。教えてくれませんかって」

そうなんですよね。そうなんですけど。

「俺、実は伯父《おじ》が神奈川県警にいるんですよ。しかもその伯父の父親も、俺の祖父ちゃんももう引退してるけど警察官だったんですよね」

あら、ってちょっと寧々さんが驚く。

「そんな方がお身内に」

「そうなんすよ。なんかやたら警察官とか自衛官とか役所とか公務員が多いんですようちの家系。父方も母方も」

「お父様は」

「市役所勤務の公務員。ちなみに母親は保健所の職員でした」

「その中で矢川くんだけがミュージシャン崩れのラジオ局ディレクターというヤクザな商売に就いちゃったのね」

反動ですかね。いやそんなのはいいんですけど。

「で、伯父とは仲が良いんですね。あの人も若い頃はミュージシャンになりたかったって人でドラムやってたんですよ」

「ドラマーな警察官っていうのもいいわね。なんかどこかの小説で読んだことある気がする」

今でも家にドラムセットあるんですよね。叩《たた》いてないですけど。

「もしも鎌倉で殺人事件とか誘拐事件とかあったんなら、えーと二十何年か前ですよね」

「そうね。小学二年生って言ってるから、それからすると二十五年ぐらい前かしらね」

「祖父ちゃんもバリバリの現役の頃なんで、そういう事件は訊けばわかると思うんですけど、そんなの訊いちゃったら、ダメですかね？　もし本人もよくわかってなくて、調べる手段とかもないなら、なんか役に立てるかなって思うんですけど」

《J-AIRFM998》
『A DAY IN YOUR LIFE』
『ア・デイ・イン・ユア・ライフ。今日が終わると同時に新たな一日が始まる狭間の一時間。そこにいるあなたの人生の、ある一日をお届けします。その日を綴るのはあなた、編んで読むのは私、小説家の槙村朗です』

こんばんは。

今日の天気は、おそらくそんなにもないことでしょうけれども、日本列島どこを見ても晴れの天気予報でした。東京のこの辺りもほぼ一日中いわゆるピーカンでしたね。この夏のひどい暑さもここまできれいに晴れ渡ると湿度も下がり、どことなく心地《ここち》よい暑さになっている気もします。

札幌、仙台、広島に福岡と、それぞれの地方にいる四人の知人に確認してみましたが、今日は本当にそのすべてで快晴の天気だったようです。

この雲ひとつない快晴のことを言う〈ピーカン〉という言葉。ご存じですか？　近頃ではあまり使われることがないようですが、ある程度年齢のいった方ならたぶん知っているかと思います。

実は、語源とか由来があまりはっきりしない言葉のようですね。

映画業界ではかなり昔から使われていたようで、今年で八十五になる映画業界にいた知人は〈カンカン照り〉から来てるんだ、と言っていました。ピーというのは単なる擬音《ぎおん》で、『カンカン照りのピーだな』などと言っていたのがいつの間にか〈ピーカン〉となっていった、と教えてくれました。

しかしそうなると〈カンカン照り〉、という言葉もどこから来た表現なのか気になりますよね。

語源や由来のわからない言葉に出会うと、ついついその言葉が生まれてきた時代背景やその頃の文化などを調べ始めてしまい、原稿を書かなきゃならないのにそれに延々と時間を使ってしまったりします。

しかしまぁそういうふうにして調べた知識もまたそのうちに作品に生かされたりもするので、小説家としての仕事の一環と言えなくもないのです。

あなたの町では今日はピーカンでしたか？

今夜も〈あなたの人生の、ある一日〉をお届けしますが、その前にメールなどでいただいたお便りをご紹介していきましょう。

ラジオネーム〈キーパー〉さん。関東にお住まいの四十代の主婦の方です。キーパーというのは小学生の頃にサッカーのゴールキーパーをしていたからだそうですよ。

〈槙村さん、こんばんは。〉

こんばんは。

〈槙村さんも眼鏡をかけていらっしゃいますよね。最近新しくしたと聞きました。〉

はい、眼鏡は高校生の頃から使っています。左右の視力が極端《きょくたん》に違うので、その辺で困る部分もあるのですよね。新しくしたのは、ほんの二、三ヶ月前です。

〈私はそれほど視力は悪くはなく、普段の家事をするときなどは眼鏡をかけていません。テレビを観るときや運転をするとき、それと趣味の刺繡《ししゅう》をするときだけ、眼鏡をかけています。ところが最近、どうも視界がぼやけるような気がしていたのです。以前に眼鏡を作ってから四、五年経っているので、近視やあるいは老眼が進んでしまったのかな、と思い眼科に行って診《み》てもらってから新しい眼鏡を作ろうと思いました。ところが、眼科で調べても特に視力が悪くなったりはしてなくて、白内障《はくないしょう》緑内障などの病気もその兆候《ちょうこう》もなし。眼鏡の度もちゃんと合ってますよ、と。先生が言うには『まぁ老化で眼が疲れやすくなっているのでしょうね』と。なんともなくて、しかも新しい眼鏡を作らなくて済んだので家計的にはとても助かりましたが、なんだかショックでした。〉

これは、仕方ありませんね。

私もまだ三十二歳の若造と言えば若造ですが、既におっさんではあります。いろんなところが衰《おとろ》えつつあるのがわかってきました。特にやはり眼には来ますね。

眼鏡を新しくしたのは度が少し合わなくなっていたのですが、それ以前に近頃は短時間で疲れやすくなってしまっていて、その分執筆のスピードも鈍《にぶ》っているようにも思います。

気がするだけかもしれませんけどね。


『A DAY IN YOUR LIFE』

▼

【埼玉県　板垣敦子《いたがきあつこ》　主婦】

もう何十年も前の、ある一日です。

息子が、他県の大学に入学することになりました。

当然、一人暮らしをすることになり、大学からいくつかの寮を紹介されました。

大きな総合大学だったので、寮と言ってもイメージ通りの昭和のような寮から、まるでマンションのような寮まで多くのものがあり、息子と話し合い、マンション風の寮に入居することを決めました。

引っ越しの日、夫も休日だったので大きなワンボックスのレンタカーを借りて、自宅から持っていく息子の衣服などの荷物を積み、そして向こうでは当面の食料と、洗剤やらの細かな生活必需品を買い揃《そろ》えて回ろうということにしたのです。

寮は、ネットで見た通りの本当に普通のマンションのようでした。

四階建てなのですが、一年生は大体一階に集まるようでした。

何故かというと、二年生三年生四年生と進んでいくと皆が順に上の階に引っ越ししていくようなのですよね。全部ではないのですが、階数がほぼそのままその学年で埋まっているようでした。

それというのも、このマンションの中で引っ越す分には、掃除をきちんとするだけで特に費用は掛からないそうです。そして全室どこでも同じ家賃。それでいつからかどんどん見晴らしの良い上の階に引っ越していくのが伝統のようになってしまっているんだとか。

息子の部屋は、正面入口から入ってまっすぐ進んで、いちばん奥の部屋でした。

まずは持ってきた荷物を下ろし、そして別に買い揃えておいた小さめの冷蔵庫やレンジ、掃除機などの家電が到着するのを待ちました。

その間に、隣の部屋でも引っ越しが行なわれているのがわかりました。

寮といっても造りは普通のマンションですから、男女別とかではありません。どんな子がお隣になるのかしらと、息子以上に私たちが気になり、たぶん親御さんも来ているのではないかと廊下に出てみました。

やはり、荷物が運び込まれていました。

女の子でした。それもとても可愛いらしい女子学生。これは息子も喜ぶのではないかと思っていたところ、ご両親もいらっしゃいました。

どうぞよろしくお願いしますとお互《たが》いに挨拶を交わしたのですが、私は平静《へいせい》を装《よそお》うので精一杯だったのです。

息子の隣の部屋になったお嬢さんのお父様は、今風に言えば、元カレだったのです。

驚きますよね。

そんな偶然があるのかと思いますよね。

あったのです。

夫と交際する前に、付き合って別れた人だったのですよ。二十数年ぶりぐらいの再会でした。

特に大きな問題があって別れたのではなく、お互いに話し合ってというか、別れようと言い合ってそうなったので誰かに知られたところでなんらやましいものも、後ろ暗いところもないのですが、さすがにその場で「お久しぶり！」などとは言えませんでした。

お互いに、眼だけでそれを了解し合い、どうぞ今後ともよろしくお願いしますと、他人行儀な、いえ他人なのですけれど、挨拶をしただけでした。

でも、その場でお互いに連絡先は交換し合ったのです。

何せ、最低でも一年間はお互いの子供が隣同士なのです。隣から変わったとしてもおそらく四年間は同じマンションで暮らすのです。

何かあったとき、遠くの親戚より近くの他人と言いますよね。何かしらの異変に最初に気づくのはお隣さん同士かもしれないのです。ですから、親としてはお互いに連絡し合うことができるなら、安心感がありますよね。

しかも、これまた驚いたことに、夫と元カレは、住んでいる県こそ違え同業種の会社に勤めていたのです。

どちらもお互いの会社のことは知っていて、いやいやこれはどうもどうもお世話になっております、などと笑顔で話し名刺交換もしていたのですよ。

やがてお互いに荷物が届き、荷解《にほど》きや運び込みやらでその場で、ではまた、と別れました。

この頃にはようやく平静を取り戻しました。

落ち着いて考えてみれば、別れて二十数年も経っているのです。お互いに一目《ひとめ》でわかったというのもなかなか大したものだと思いましたが、今は、単なる昔の知り合いです。それぞれ結婚して子供もできて、幸せに暮らしているのです。

そのうちに、何かの折りに夫に説明するときがくるかもしれない。そのときには素直に事実を教えようと思っていました。

これだけなら、そんなこともあるんだね、で笑い話で終わったかもしれません。

でも、この滅多にあることではないだろう偶然に、続きの話ができてしまったのです。

その日から十四年後のことです。

その間に、元カレのご家庭と連絡を取ることは一度もありませんでした。

息子が帰ってきたときにさりげなく隣の元カレの娘さんのことを訊いたりもしましたが、特に何もなく、ご両親のことも何もわからないという話をしていました。

その後息子は何事もなく大学を卒業して、東京の企業に就職しました。一流企業というわけではありませんでしたが、希望した職種に就けて、社会人として独立してこれまた何事もなく日々は過ぎていきました。

ここまで書けば、もうお察《さっ》しかもしれませんね。

ある日、息子から結婚しようと思っている女性を連れていく、と連絡がありました。そりゃあもう大喜びしました。

大学を卒業して十年が過ぎていました。その間、付き合っている人がいる様子は影も形もなく、ひょっとしてゲイなのだろうか、まぁそれならそれでパートナーでもできればいいわね、などと思っていたのですが。

連れてきた女性は、そうです、元カレの娘さんだったのですよ。

本当に、心底《しんそこ》驚きました。

何でも大学在学中にはそんなふうには一切ならなかったそうです。単にお隣さんとして、顔見知りの学友として過ごして卒業したのですが、三年ほど前に仕事関係で偶然に再会し、それからお付き合いが始まったとか。

良いお嬢さんなのです。愛嬌《あいきょう》があって元気一杯で、こんな女性がお嫁さんに来てくれるのなら明るい家庭が築けるだろうなと素直に思えるほどに。

そして、これはもう言えないな、と思ってしまいました。

息子のお嫁さんにしてみれば、義母になる私がかつて自分の父親と恋人同士だったなんて、どう思うでしょう。

自分自身に当てはめて考えてみても、いやどうしましょうかとかなり混乱してしまいます。明るい未来が待つ若い二人のこれからの物語の最初の頁《ページ》に、そんなどうしようもない染みのようなものを付けたくはありません。付けるべきではないと。

夫が持っていた元カレの名刺には携帯番号もありました。

こっそりと、電話を掛けました。

そしてお互いに墓場まで持っていく秘密にしましょうと話し合いました。

その後、二人は結婚して両親同士の親戚付き合いが始まりました。会う機会が何度かはありましたが、私も、そして元カレも、ずっと秘密を守り通しました。誰に話すこともなく。

今は孫も大きくなりました。もうすぐ高校を卒業し、あの〈ある一日〉の日の息子や嫁のように大学に入学する予定です。

そして、一昨年《おととし》に元カレが、さらには昨年私の夫が病《やまい》で先に逝《い》ってしまいました。

もういいかな、と思い、大好きな槙村先生に話を聞いてもらおうと、こうして長いお便りをしたためました。

〈ある一日〉とするには多少長過ぎる日々の話になってしまいましたが、こんなことも人生には起こるのです。

▲

いつものように、ご本名でお送りくださった方は、私が同じ雰囲気ですがまったく違う仮名にしてお送りしました。板垣敦子さんのある一日のお話、ありがとうございました。

以前の恋人と、それぞれの子供を通じて再会する。

小説や映画などの物語であれば、充分にありそうな設定ではあります。けれども、これは板垣さんの人生の中で起こった現実の出来事なのですよね。

お子さんたちが在学中にはただの友人だったのに、社会に出てから再会して恋人同士になるというのも、確かに物語ではよくある設定ですが、現実にもけっこうありそうな話です。

ここで紹介する〈ある一日〉の話は、多くは偶然がもたらすものです。でも、こんなにもたくさんの偶然が作り出すドラマチックな話が現実にある。

誰の人生でも、それは一幕のドラマである、とはよく言われるセリフですが本当にそう思ってしまいます。

『A DAY IN YOUR LIFE』

『あなたの人生の、ある一日を募集しています。何でもない一日、奇跡を感じた一瞬、幸せだった日々、不思議なことがあった日。どんな一日でも結構です。メール、ファックス、手紙、葉書などできる方法でお寄せください。いただいた〈あなたの一日〉は私が読みやすい物語に仕立てて、この番組でお送りします』

＊

いつものように、槙村さんは最後のジングルが終わるまでヘッドホンを外さない。じっと下を向いて聴いてCMに入ったところで顔を上げて、微笑んでからヘッドホンを外すんだ。

たぶん、ルーティンになっているんだろうね。そうしないと気持ち悪いんだきっと。

「お疲れ様でした！」

「お疲れ様」

そして寧々さんがコーヒーを三つトレイに載せて持ってくる。隣の〈藤森珈琲〉のブレンド。

これも確かに僕らのルーティンになっちゃっているから、やらないとなんとなく気持ち悪いいんだよね。誰かがいないと、崩しちゃってもわりと何ともないんだけど。

「今日の話なんだけどね」

コーヒーを一口飲んでから寧々さんが言う。

「うん？」

「録音したときは言わなかったけれど、実は私も同じような経験があるのよ」

「え、寧々さん、大学で寮に入ったんですか。同じ東京じゃなかったですか？」

そうなの、って頷いた。

「一人暮らしというものを社会に出る前に経験したくてね。自宅から通えたんだけど寮に入ったの」

それはまた面倒なことを。

「まさか、まるで同じような、ご両親のどちらかが？」

槙村さんが訊いた。

「ちょっと違うんだけれど、もちろん後から聞いた話なんだけどね。私の場合は女子寮だったたので全員女の子だったんだけど、同じ日に隣の部屋に入った女の子のお父様と私の父が、同じ大学の同窓生だったの。一年違いの先輩と後輩。私の父親は後輩だったのよ。そしてね、同じ剣道部だったんですって」

そりゃまた偶然だ。

「しかもね、当時その先輩の彼女を私の父が取っちゃったんですって」

取っちゃった。

「え、つまり三角関係になって、最終的に寧々さんのお父さんとその彼女がくっついた、と」

「まさか、その彼女が寧々さんの母親だとか?」

寧々さんが笑う。

「そこまで行くと出来過ぎね。残念ながらそうではなかったんだけど、それが原因で父は剣道部を辞めていて、同窓会みたいなものにもほとんど顔を出していなかったので、その先輩と会うのはほぼ卒業以来だったみたい」

「なかなかのものですねー」

三角関係になんかなったことないからわかんないけど。

「でも、それで何かあったとかはないだろうね」

「なかったみたい。今日の話みたいに引っ越しのときに顔を合わせたときには二人ともびっくりして、笑顔でいやーおい元気だったかぁ!　って感じで肩叩き合っていたから」

そうだよね。えーと卒業以来で子供が大学入学なんだから。

「二十年とか三十年とか、それぐらいぶりですかね」

「父は四十八歳だったから、まともに顔を合わせたのは二十七年ぶりね。さすがにそんなに時が経つと、三角関係になってしまったことも笑い話になっていたって言ってたわ」

「互いに別の人と結婚していたんだからね。そうなるんじゃないかな」

若い頃の恋愛、か。

年取ってから、どういうふうに感じるのかはもちろん人それぞれだろうけどね。

「でね、槙村さん」

あの話をしてみたい。

「うん」

「槙村さんの、この間の話なんですけど、あの〈日常の中で起こった奇跡のような話〉を探しているって。お父さんが殺されて、自分も誘拐されてって話」

槙村さんは、うん？　って顔をする。

「あれ、本当の話ですよね。冗談めかしていましたけど。や、寧々さんにも訊いたんですけどね」

苦笑《くしょう》した。

「そうだね。まぁ半分冗談にしてはいるんだけど、本当というか、事実なんだろうな、というところで」

「事実なんだろうな、っていう曖昧な話になるのはどうしてなんですかね。や、ごめんなさい。すっごく気になってしまって。たとえば槙村さんのお母さんはご存命なのに、その辺はたぶん知ってるはずなのにどうして訊かないでいるのかなって」

うん、って静かに微笑んだ。

確かにね、って小声で言う。

「僕がホームレスみたいな男と一緒にいて、そして奇跡のような話を聞かされて、さらに父が死んでそのホームレスもいなくなってしまった。だからそのホームレスが話してくれた〈日常の中で起こった奇跡のような話〉をずっと探しているっていうのは本当なんだけど」

息を吐《は》いた。

「きちんと話そうか。寧々さんはもちろんだけど、矢川くんもずっと一緒にやってくれているんだから」

「お願いします」

コーヒーを一口飲んで、槙村さんはまた小さく息を吐いた。

「よく覚えていないのも、本当なんだよ」

「小さかったからですか」

「たぶんね。記憶が曖昧になっている。どうしてホームレスのような男とその山荘に一緒にいたのか、まるでわからないんだ。覚えていない。でも、無理やりではなかったはずなんだ。何か自然な出来事があって僕は彼と一緒にその山荘みたいなところにいて、そしてしばらくそこにいなきゃならないんだというのも僕はわかっていたんだ」

「七歳だったんですよね」

「そう」

「逃げ出そうと思えば逃げられた年齢よね」

「間違いなく、まぁどこにいるのかわからなかったから、道に迷うのがオチだったろうけれども、逃げ出せたはず。何せ身体は自由だったんだから。でも、僕はそうしなかった。一週間もの間、大人しくその男と一緒にいた。だから、ひょっとしたら親に言われていたのかもしれない」

「そうよね」

寧々さんが言う。

「それなら、後から槙村さんのお父様が迎えに来たのも、頷ける」

「迎えに行くから、大人しく一緒に待っていなさい、って親に言われたから、そうしていたんですよねきっと」

そうなんだろう、って槙村さんも頷く。

「別に僕は身体が弱いとか、怪我しているとかもなかったからね。健康な男の子だったから。たぶん、そういうことで一緒にいたんだと思う。でも、誘拐されたと言ったのは、どうして一緒に行ったのか、その事情を僕がまったく覚えていないってところなんだ」

「何で覚えていないんですかね。でもまぁ七歳なら、ですかね」

俺だって自分が七歳の頃のことなんか、思い出せって言われても困る。

「覚えていないということは、さっきも言ったけど、自然な出来事だったからだと思うんだ」

「でも、事実としてお父様はそこで死んだのよね？」

「死んだ。僕は父が死んでいるのをこの眼で見ているからね。そして、父の死体を背負っていたホームレスの姿も見ている。その後のことは何か混乱していてさらによく覚えていないけれど、いつの間にか警察が来ていて、母も来て泣き叫んでいて。一緒にパトカーに乗せられて、そうして僕は病院から家に帰れたことは間違いないんだ」

　言葉を切って、またコーヒーを飲む。

「大人になってから、正確には高校生になったときに調べてみた」

「事件をですね？」

「そう。父があのホームレスに殺されたのなら、殺人事件だ。間違いなく記事になっているはず。けれどもそんな記事はどこにもなかった。身内に訊いても、父は事故で亡くなったんだと。僕はその事故に巻き込まれたんだと。ホームレスのことは誰も何も知らなかった。僕が一週間もの間、そのホームレスと山荘にいたこともね。わかったのは、〈僕は父と一緒に山荘で事故にあって、父が亡くなって僕が生き残った〉ということ」

「いや、それは」

「だよね。僕のはっきりとした記憶とはまったく齟齬《そご》がある。寧々さんは、僕の母親に会ったことはあるよね。確かこの仕事をやるときにも」

「会ったわね。葉山のお宅にお邪魔したわ」

「そのときは、普通の状態だったんだ」

普通、とは。

「母は、たぶん父が死んだ頃から、記憶障害を抱《かか》えるようになってしまったんだ」

「記憶障害」

そういうことか。

だからお母さんには。

「僕も小さい頃はあまり不思議には思わなかったけれど、中学に上がる前にはもうこれはおかしいな、とはっきりしてきた。日常生活、たとえばご飯を作るとか買い物に行くとか、そういうことは普通にできる。でも、自分が何歳なのかもわからなくなるし、ひどく若い頃の自分になっているときもあるし、時には息子である僕のことを認識できていないこともあった」

「え、息子だってわかんないんですか」

「一緒の家に住んでいるから身内なんだろうな、ぐらいの感覚なのかな。息子だとはまったくわかっていない。それこそ親戚の子供を預かっているみたいな感じ。かと思ったら、その五分後には息子だとわかっていたりする。ひどいときには、自分が小学生の子供になってしまったりね」

「小学生ですか」

「学校に行きたいのにランドセルがなくなってる、なんて言うんだ。まぁその日のうちに治ったりはするので何とかなっていたんだけど」

「それは、やはりお父様、夫の死がショックで、なのかしら」

「そうとしか思えないけどね」

辛そうに、顔を顰める。

「もちろん病院に行っていろいろ検査もしたけれど、原因はわからない。脳の記憶を司《つかさど》るところに何らかの障害が起きていることは間違いないけれども、それ以上は何もわからない、どうしようもない状態なんだ。それで、今は叔母の、母の妹だね。紀子《のりこ》さんっていうんだけど。たぶん二人とも知ってるよ。葉山の〈風と海と雲〉ってレストランとゲストハウスあるだろう」

知ってる。

「前に取材してますよね寧々さんと俺で」

違う番組だけどね。僕らは社員だから、この『A DAY IN YOUR LIFE』だけやってるわけじゃない。他にも番組を持っている。

「そこはね、紀子さんの旦那さん、市川浩輔《いちかわこうすけ》さんが経営しているところなんだ。レストランとゲストハウスと、あとショップもいくつか入っているよね」

「あそこの〈サーフソング〉っていう店の服が良いのよね。行ったときにブラウスとパンツとか買ったわ」

そうそう。俺も買った。サンダルとロングT。

「そこで働きながら一緒に住んでいるんだ。元々実家のすぐ裏だから」

「じゃあ、全然実家に帰っていないのは、それで？」

寧々さんが訊くと、大きく頷いた。

「たまにレストランに寄って、仕事をしているところを見るぐらいだな。不思議とね、仕事をしているときには大人である自分の記憶を保《たも》っている。ただし、僕や父がいない頃の、独身時代ぐらいのね。何せ家から離れた今は僕を見てもまったく赤の他人に思えてしまうこともあるんだ。いきなり家に入ってきた不審者みたいにさ」

キツイな。そんなことになっているのか。

「だから、あの事件のことは母には訊けないっていう状態がずっと続いているというわけだ。何があったのか確認できたのは、話を聞けたのは叔母であるその紀子さんからだけだ。他の親戚は皆葉山にはいないし、それほど親しくもないからね。紀子さんにしても当時は東京にいたから」

「そこなんです」

「そこ？」

そこなんだ。

「すみません。俺ものすごく勝手なことをしちゃったんですけど」

「何をしたの？」

「槇村さんのその件って、いや今話を聞いたのでわかりましたけど、実家のある鎌倉の方で、葉山で起こったことですよね。まだ七歳だったんだから」

そうだよ、って槇村さんは頷く。

「実はですね、俺の伯父、父親の兄ですね。そしてその父親、実の祖父《じい》ちゃんなんですけど、その二人って神奈川県警にいたんですよ」

「神奈川県警に？　そうなのか」

「伯父は今は神奈川県警察本部刑事部にいます。バリバリの刑事です。そして祖父ちゃんは、昔、葉山警察署にいたこともあるんです」

「葉山なら、まさしく実家の管轄《かんかつ》じゃないか」

「そうなんですよ。今は横浜にいますけど、昔は葉山に住んでいたんです。それで、この間の休日に横浜の祖父ちゃんところに行って、訊いちゃったんですよ」

「ひょっとして、僕のことを」

「本当ならそんなことを孫とはいえ一般人には話せませんよね。でも、祖父ちゃんはもうとっくの昔に引退してるし、思い出話として多少孫に聞かせるぐらいはできるんじゃないかなって思って、訊いたんです。〈仲村和明《かずあき》〉さんっていう人が殺された事件って祖父ちゃん覚えてるかなって。子供が誘拐されて、その子供は〈仲村一朗〉っていうんだけどって」

「覚えていたのか？」

「覚えていました」

祖父ちゃんは、はっきりと。

「ただし、槙村さんが確認していたように、殺人事件ではなかったんです」

うん、って槙村さんが頷いた。

「そもそも祖父ちゃんが何故覚えていたかっていうのも驚きだったんですけど、祖父ちゃん、その現場に行っていたんです」

「本当に!?」

マジです。

「じゃあ、あの山荘にやってきた警察官の中に、矢川くんのお祖父さんが」

「いたんです。びっくりですよね。はっきり覚えていました祖父ちゃん。小さな男の子を無事に保護できて、ホッとしたんだって。そして、事件でなくて事故だったんだから、覚えていることはいくらでも教えてやるって」

「お祖父様、おいくつなの」

「八十歳です。大丈夫。まだ全然ボケてません。いや多少はあるけど、普通な感じです。昔のことなんかめっちゃ覚えています」

まず、通報があった。

葉山警察署に。

「一一〇番に。男の声だったそうです」

「それがホームレスだったのかしら」

「そこはわかりません。匿名の電話だったし、特にどこから掛かってきたかもわかっていません。そういうのは調べられなかったそうです。電話は、山の中で男が倒れて死んでいるっていう内容でした」

槙村さんが眉を顰《ひそ》めた。

「それで、ただちに現場に、二子山《ふたごやま》っていうんですかね」

「ハイキングコースがある山だ」

「詳しい場所は聞いてませんけれど、そこに警察が向かいました。車も入っていけないところにあった山荘だったそうです。そして見つかったのは、そこの裏の小さな崖《がけ》から滑落《かつらく》して亡くなった男性の遺体だったそうです」

「それが、お父様だったのね」

「滑落は、それはもちろん現場検証や遺体の司法解剖とかも終わってからの結論ってことだね？」

「そうです。他に、たとえば暴行を加えられたとか、致命傷《ちめいしょう》になるような暴力的な傷は認められなかった。直接の死因は頭部を岩に強打《きょうだ》したことによる失血死。そしてその山荘の持ち主は、槙村さんのお父さんだったそうです」

「父の？」

そうなんですよ。

だから、事故として扱われた。

《J-AIRFM998》
『A DAY IN YOUR LIFE』
『ア・デイ・イン・ユア・ライフ。今日が終わると同時に新たな一日が始まる狭間の一時間。そこにいるあなたの人生の、ある一日をお届けします。その日を綴るのはあなた、編んで読むのは私、小説家の槙村朗です』

こんばんは。

今日の夕刻に降ったにわか雨のせいでしょうか、今夜のこの辺りは空気が澄《す》んでいるように感じます。スタジオの窓から見えるのは東京の夜の街並みですが、月光が皓々《こうこう》と冷たく冴《さ》え渡り、ネオンの色も濃くはっきりと浮かび上がっているようです。

こうして月光が冴え渡る夜に東京の夜景を眺《なが》めていると、月光と街の灯《ひ》の境目《さかいめ》、と言えばいいのでしょうか、その二つの境界線《きょうかいせん》みたいなところをつい探してしまいます。どこまで月光があるのだろう、街のネオンや街灯やビルの灯は空のどこまで届いているのだろう、と。もちろん、そんな境目はできないことはわかってはいるのですが。

もう何年も前ですが、あるホテルの高層階にいるときに、その境目が見えたような気がしました。気がしただけかもしれませんが、あそこから上が月光、下が街の灯だ、と。あの夜も、今夜のように空気が澄みきった夜でした。

もしも今、ホテルやビルの高層階、あるいはその他の高い場所にいるのでしたら、ちょっと外を眺めてみてはいかがでしょうか。夜の光が溶《と》け合うその境目が見えるかもしれません。

今夜も〈あなたの人生の、ある一日〉をお届けしますが、その前にお便りを少しご紹介していきましょう。

ラジオネーム〈ゆにおん〉さん。四国にお住まいの主婦の方ですね。

〈槙村さん、こんばんは。〉

こんばんは。

〈先生の〝槙村朗〟というお名前がペンネーム、筆名であるというのはわかっているのですが、実は私の父親がほぼ、同姓同名でした。〉

びっくりです。〈まきむらろう〉さんなのですね。

〈ほぼ、というのは、名前の朗の漢字が父の場合は郎でした。〉

つくりがおおざとの郎ですね。私の場合は月になります。

〈父は小説などはまず読まない人でしたので、槙村先生のことは何も知りませんでした。四、五年前、私が実家に帰るときに先生の本を持っていき、ペンネームだけどほとんど同じ名前のこういう小説家さんがいるんだよ、と教えてあげました。父は、へぇ、と少し驚き、同じ名前の人なんか初めてだ、とちょっと喜んでいました。それから父は先生の本を買って読み出したようです。母も驚いていました。結婚して五十数年、小説を読んでいるなんて初めてよ、と。〉

嬉しいですね。どんなきっかけであろうと本を読んでもらえるということは、小説家にとって何よりの喜びなのです。

〈昨年、父は病で亡くなりました。八十七歳でした。病室にも先生の本を持ち込み、死の間際《まぎわ》まで読んでいたようです。数年ぶりに訪れた実家にある小さな本棚には、槙村先生の本がほぼ全部揃っていました。母も一人で暮らせなくなり、施設に入ることになりました。父の集めた本をどうしようか悩んだのです。私は既に槙村さんの本は全部持っていたので、古本屋さんに持ち込みました。置いておくよりも、資源回収に出してしまうよりも、また誰かに読んでもらえる機会があった方がいいと思ったのです。失礼だったらごめんなさい。〉

失礼なことなんかじゃありません。むしろいちばん嬉しい方法です。

確かに古本屋に売られても、そして古本屋で売れても著者には一切金銭が入ってきませんが、先程も言いましたが誰かに読んでもらえるというのが何よりの喜びなのです。〈ゆにおん〉さんも思ったように、古本屋にあればまた誰かに読んでもらえるかもしれませんからね。

お父さん、槙村郎さんはどのような人生を歩んできた人なのでしょうか。〈ゆにおん〉さん、よろしければ、またお便りで聞かせてください。

『A DAY IN YOUR LIFE』

▼

【群馬県　亜鈴《あれい》　タクシー運転手】

世の中には不思議なことがあるものだ、というのを実感した日でした。

私は個人タクシーをやっています。

その日のことは今もありありと思い出せますから日付も時間も正確に書けるのですが、そういうのも個人情報でしょうからね。大体十年ぐらい前の初夏の頃の金曜日としておきます。

その日は午前から駅で客待ちをしていました。さほど待つこともなく、紺色のスーツを着てボストンバッグを提《さ》げた男性客が駅から出てきて、まっすぐに私の車にやってきました。

車を運転する人ならわかると思いますが、運転席からは後部座席のドアに近づいた人の顔は一瞬見えなくなるんですよ。顔から下は見えるんですが。

それでも、顔から下の姿を見て、出張でやってきたサラリーマンだなとわかりました。タクシーも客商売ですからね。一日に何人もの人に出会います。その佇《たたず》まいや様子でどんな職業の人かというのも、なんとなくわかってきます。

ドアを開けて乗り込んできたそのサラリーマンは、市内の簡単な住所と有名な企業の名前を告げました。すぐにその場所は頭に浮かんできたものの、ものすごい変な感じがしたのです。

その男性の声です。

まるで、自分が喋ったような気がしたのです。反射的に「はい」と頷き、答えながらルームミラーで後部座席に座ったその男性の顔を見ると、そこにスーツ姿の自分がいました。

驚きました。

もちろん、別人です。私じゃありません。髪形も、違いました。私は坊主頭が伸びたような短髪ですが、彼はほぼ七三分けの髪形。顔は、頬のところが多少私よりはこけているように思いましたけれど、私の顔をしているのです。

なんだこれは、と少し震えが来ました。

その男性はもちろん私の顔が見えませんから、何も気づいていないでしょう。私が喋ったのも「はい」と一言ですから、その声が自分の声にそっくりだ、なんてことも思わなかったのでしょう。

動揺を隠して車を発進させました。

世の中には自分に似た人間が三人いる、なんていう話は昔からありますよね。私も知っていましたから、これなのか、と考えていました。

瓜二《うりふた》つと言ってもいい他人。ドッペルゲンガーなんていう言葉もありましたよね。そういうのに会うと死ぬとかなんとかも。

ちょっと怖くなりましたね。そういう話を信じていたわけではなく、単純に自分にそっくりな男がそこにいる、ということが。

走り出して一分もしないうちに、後部座席から声がしました。

「運転手さん、佐々木《ささき》亜鈴さんと言うんですか？」

少し驚いたような口ぶりでした。

亜鈴、というのはもちろんラジオネームで、佐々木というのもこの手紙の中だけの仮名ですが、私の本名は、下の名前は少しではなくかなり変わっています。あまり日本語っぽくない響きの名前なのです。ですから同名の人には、それまで四十年生きていて一度も会ったこともなければ、どこかで見たとか、ドラマやマンガの登場人物にあった、などというのもまったくありません。

つまり、かなり珍しい名前なのです。イメージとしては、今回ラジオネームに使った〈亜鈴〉という感じの響きです。

彼は、前に掲示《けいじ》してある運転者証を見たのでしょう。そこには私の顔写真と本名が書いてあります。近頃はいろいろあってその掲示義務もなくなっているようですが、十年前のことですからね。まだ掲示してあったのですよ。

「そうです」

そう答えると、彼は身を乗り出したように感じました。

「私も、同じ名前なんです」

「えっ!?」

心の底から驚きました。

名前まで同じ?

「びっくりだ。え、運転手さん、写真も何か私に似ていると思うんですが」

運転免許証に使うような顔写真でしたからね。ああいうものはどうしてなのか、どこか指名手配犯の写真のような雰囲気になりますよね。

「お客さん。実はあなた、私に瓜二つなんですよ」

ちょうど信号で停まったので、振り返りました。

その瞬間のことを思い出すと、まるで小泉八雲《こいずみやくも》の貉《むじな》のお話みたいな感じになっちゃったなと笑ってしまうんですが。

彼も、心底驚いていました。

「何で!?」

そう叫ぶように言った気持ちがよくわかりました。

とんでもない偶然というか、奇縁というか、どう言えばいいかわからないのですがとにかく目的地に行くしかありません。ほんの十分も掛からずに着く距離なのですが、その間に二人でいろいろ話しました。

私が佐々木亜鈴という名前なら、彼は鈴木《すずき》亜鈴という名前でした。つまり、名字はごく平凡で、名前だけが変わっているという感じです。

実は、そこでも驚いたのですが、年齢も同じだったのです。誕生日は、違いました。私は五月で彼は六月。でも、一ヶ月しか違わなかったのですよ。こんなことってあるのかと、二人でとにかく驚き、とまどいっぱなしでした。

出身地は違いました。私は群馬県で彼は東京です。

互いの父母のことを確認し合いました。つまりこんなに似ているんだから親戚かなにかであってもおかしくはないのではないかと。

そして、父母、どちらに似ているかというのも。

私は、父親にそっくりでした。鈴木さんは父母二人の顔が混じり合っている感じだということでした。そして互いの父母の名前を確認し、その出身地なども確認し合いましたが、二人ともにそれでは何もわかりませんでした。

そこで、時間切れです。

指定した会社に着いて、鈴木亜鈴さんは仕事に向かいます。料金を精算しているときに、鈴木さんは言いました。今日は出張で来たのだと。

「あの、私、ここでの仕事は夕方、たぶん四時過ぎには終わるのですが、どうでしょう。もう少し話しませんか？　良かったら晩ご飯でも一緒に」

鈴木さんは独身だということで、仕事が終わっても急いで帰る必要もないと。会社にも寄らないし、明日は休日です。

私は、結婚していますがこういう商売ですから毎日定時に帰るということもありません。

「いいですよ。そうしましょう。でしたら、四時ぐらいにこちらにまたお迎えにあがります」

個人タクシーですから、どのようにでも融通《ゆうずう》は利《き》きます。お互いに、これで別れてしまって会えなくなるというのが、どうにも収まりがつかなかったのですよね。


晩ご飯を一緒に食べました。

迷ったのですが、同じ顔の二人の中年男性が食事しているのもたぶん周《まわ》りから妙に感じられるかなと思って、迎えに行ってそのまま自宅に招いてしまいました。鈴木さん、明日は休みなので、こっちに泊まってもいいということでしたから。そもそも仕事が長引いたことも考えて泊まりの用意もしていたのです。

もうなんか他人のような気がしなかったんですよね。

妻も、そしてそのときはまだ高校生だった息子も、あらかじめ話しておいてはいたのですが、鈴木さんを見て心底驚いていました。

どうしてこんなにも似ているのかと。本当に、一卵性双生児でもこんなには似ていないだろうというぐらい、同じだったのですから。

そこで改めて確認もしましたが、体重も身長も多少の差があるぐらいで、ほぼ同じでした。

鈴木さんの方が、営業という歩き回る仕事柄か、少しばかり引き締まっていましたかね。気持ち悪いというよりも、妻や息子も一緒に皆で笑ってしまいました。これは一体どんな神様の気まぐれなのかと。

結論からいうと、まったくの赤の他人であることは間違いないようでした。互いの両親や親戚のことをいろいろ話して確認し合いましたが、姿形がそっくりなのと名前までが同じというだけで、確認できたところまででは血縁関係は一切ありませんでした。

それでも、こんなに似ていることに何か運命的なものを感じ合っていました。ひょっとしたら、お互いにわからないぐらいの先祖が双子だったのかもしれない。あるいは、前世で双子だったんじゃないかしら、なんてことを妻は言いましたが、そんな気もしたぐらいです。もしかして鈴木さんも結婚して子供ができていたら、自分に似た子供になったりして、と息子は言っていましたね。

同じ名前に関しても、少し不思議な話になりました。

互いの父母がまだ存命だったので確認したのですが、姓名判断やそういうものに頼ったのではなく、どちらもインスピレーションで〈アレイ〉という言葉の響きが気に入って、それに漢字を当て込んだのだと。

そこまで同じなのか、と、また驚きました。

それまでの人生も、どこか似通《にかよ》っていました。

小学中学高校と確認しましたが、どちらかといえば二人とも大人しい方の男子でした。似たような文化系の部活をやって、大学へは進学せずに専門学校へ。鈴木さんはデザイン系で私は技術系です。

そういうところも、どこまでも似ていたのです私たちは。

選んだ職業こそタクシー運転手と一般企業の営業という違うものですが、たくさんの人と会う商売という点では同じです。

それからは、親戚のように、あるいは離れて暮らす兄弟のように付き合ってきました。

ごくたまに出張で鈴木さんが群馬県に来たときには、我が家に泊まっていってもらいます。私が東京に行くようなことはなかったのですが、息子が東京の大学に進学することになったのです。受験や引っ越しなど、鈴木さんに随分《ずいぶん》お世話になりました。その頃は私よりも息子がよく鈴木さんに会っていましたね。つい、親父と呼んでしまいそうになるんだ、と息子は言っていました。

エピローグみたいな話になりますが、四十半ばで鈴木さんは結婚して、息子さんが生まれました。

残念ながら、奥さんになった女性が私の妻にそっくりだとか、生まれた息子さんの顔が私の息子によく似ているということにはなりませんでしたが、鈴木さん、息子さんにうちの息子と同じ名前を付けたんですよ。うちの息子はそれほど珍しい名前ではありません。健《すこ》やかに育つようにと思い付けた名前です。

私たちは間違いなく良い縁で結ばれた者たちなのだろうから、その縁がこの先もずっと続くように、と思って付けてくれたそうです。

きっと、この縁は私たちが死んでも、息子たちの間で繋がっていくのではないかと思っています。

それにしても、どうして赤の他人がこんなにも似てしまうのか本当に不思議です。きっと私たち以外にも、世界中でこんな事例はあるのだと思います。

小説家としてはどのように考えますか。

▲

佐々木亜鈴さん、そして鈴木亜鈴さんも。お二人の〈ある一日〉ありがとうございました。

お手紙にはお二人の本名も書かれていたのですが、佐々木亜鈴さん、言葉選びのセンスがおありですね。まさしくラジオネームの〈亜鈴〉とイメージがぴったりの、珍しいお名前でした。

これは、本当に不思議としか言い様のないものですね。何故なのでしょう。

私の小、中学校の同級生に、似た二人がいたことがあります。そして顔が似ているというのは骨格も似ているのでしょうから、声も同じようになっていくのですよね。その二人は歌声もよく似ていました。高校は私は別になったのですが、二人は同じ高校に進んで二人で軽音楽部に入ってデュオで歌っていたそうです。

私も以前に拙著の中でまるで双子のような他人、というのを扱ったことがありますが、それはその二人の同級生のことを思い浮かべながら書きました。

現実にあるのですよね。小説家としても、神様の悪戯《いたずら》、としか考えようがありません。ただ、何かの研究によると、そっくりな赤の他人というのは、ちょっと難しい話になりますが要するにＤＮＡで顔の見た目に影響を与えるような領域があり、それが似たものになっているそうです。なるほど、とは思いますね。

けれども、顔が似ていなくても、気が合う人間というのはいますよね。何をするにしても話すにしても、とにかく気が合う、気持ちが通じる。同じことを考え、食べ物の好みも一緒などという友人がいる人はけっこういるのではないでしょうか。

考えてみれば、そういうのも不思議ですよね。

まったくの赤の他人なのに、どこかで何かが繋がっているのかもしれません。

『A DAY IN YOUR LIFE』

『あなたの人生の、ある一日を募集しています。何でもない一日、奇跡を感じた一瞬、幸せだった日々、不思議なことがあった日。どんな一日でも結構です。メール、ファックス、手紙、葉書などできる方法でお寄せください。いただいた〈あなたの一日〉は私が読みやすい物語に仕立てて、この番組でお送りします』

＊

まったく〈ある一日〉のお便りが届かなくて、ストックがなくなったときにはどうするのか、っていうのは番組立ち上げのときに会議で出たそう。

そのときには、槇村さん含むスタッフの誰でもいいけれど、ふさわしい思い出話を出してもらって語り合って、その中から何か拾おうってことになっている。

そのときに、じゃあどんな『A DAY IN YOUR LIFE』があるか、ちょっと話し合ってみようってことになってやってみたら、意外と使える話がたくさん出てきたって。やっぱり人生はドラマだよねって。誰の人生にもそういうような思い出話のひとつや二つはあるもんだって。

実は、この七年間で一度だけ、その中から使ったものがあるんだ。誰のどんな話だったかは内緒らしいんだけど。

俺が入ってからは、そんなことは一度もない。ストックは常にあるし、お便りが届かなかった週はない。

大体、一週間に少なくとも二、三通は必ずお便りが届く。多いときには十数通も、下手《へた》したらって表現も変だけれど、百通を超えるお便りが届いて嬉しい悲鳴を上げるときもあるんだ。あ、普通の、〈ある一日〉を書いていない、ただのファンレターみたいなものももちろんたくさん来るけどね。そういうのは別にして。

割合は、やっぱりこの番組を聴いているのは比較的年齢層が高いせいもあるのか、封書と葉書、そしてファックスが六割、残りの四割がメールだ。

募集にSNSを使うかどうかなんだけど、やっぱり話の内容が内容なだけに比較的機密保持ができる今の状態でいいんじゃないかってなっている。SNSを使うと、ひょっとしたらボツになる作り話とかも増えるんじゃないかって危惧《きぐ》もあるんだ。圧倒的に送りやすいからね。

一週間に一回、毎週月曜日に槇村さんに社まで来てもらって、会議室で俺と寧々さんの三人でお便りを全部読む。その中から、まず全然作った話だろうこれは、っていうものを外す。

わかるんだ。槇村さんはもちろんだけど、俺も寧々さんももう長いからなんとなくわかる。話の内容や書き方で、あぁこれはまったくの作り話だな、っていうのが。

悲しいことに、作り話っていうのは一定数あるんだ。どうして作り話なんか送ってくるのか、っていうのは、あれだね、やっぱり承認欲求みたいなものなのかなぁ。普通のファンレターみたいなもので充分なのにね。それだって、きちんと読むんだからさ。

で、明らかにまったくの作り話っていうのを外した後は、朗読するものをAとBとCに分ける。

Aはもう即採用の、絶対に本当の話っていうもの。Bは、ネタがなくなったときに使う、ちょっと怪しいけどまぁいいか、っていうやつ。Cは、本当のことだろうけどごめんなさい全然おもしろくないかな、っていうボツのもの。

毎回、ひとつか二つ、多くて三つしか読めないから、AとBのストックはどんどん溜まっていく。溜まったストックは槙村さんが自宅に持ち帰って、時間のあるときにどんどん朗読用に書き直している。

何せ筆が速いことでも知られている槙村さんだ。ひとつの朗読を仕上げるのにほんの三十分も掛からないんだって。

元のお便りが、話があるんだから、創作が入り込む余地《よち》なんかないので、ただ自分が読みやすいように自分の話し言葉に書き直すだけだから、なんてことはないんだって。

でもやっぱり小説家って凄いんだよね。お便りに書かれている〈ある一日〉と、槙村さんが書き直した〈ある一日〉、中身はまったく同じなのに、槙村さんが書き直した方が百倍おもしろく感じるんだ。

言葉の選び方と、行間の感じさせ方なんだね。そういうのが、小説家になれる人と、なれない人を分ける部分なんだと思うよ。

俺もディレクターとして台本なんかを書くから、ホント参考になるんだ。お便りと槙村さんが朗読用に書いたものとを照らし合わせながら勉強するからね。なるほど、こうやって間を取るんだな、とかさ。

うわ、って寧々さんが声を上げた。

「これ、どうしよう。ものすごく真《しん》に迫《せま》った話なんだけどものすごくコワイ。一朗くん読んで。これは嘘だと言って」

寧々さん、ときどき槙村さんのことを本名の一朗くん、って呼ぶんだよね。大体は槙村さん、って呼ぶんだけど。

「え、何ですか」

槙村さんが寧々さんからファックスのお便りを貰う。読み出して、すぐに顔を顰めた。

「なるほど、これは怖い」

「何が怖いんですか」

ファックスが回ってきた。

「うわ」

幽霊ものか。たまに来るよね、これ怪談《かいだんばなし》噺が得意なあの人の事務所へ送った方がいいんじゃないかっていうのが。しかも手書きだね。

死んだはずの友人が、自分の部屋に会いに来るっていう話だった。それも、幽霊らしくおどろおどろしく現れるんじゃなくて、近くに来たからちょっと寄ってみたって感じで、「よっ、元気？」ってカジュアルに現れるって。そして、来たら必ず何かの花を一輪残してパッと消えるんだって。

「これはマジですか」

槙村さんが口をへの字にして頷いた。

「本当の話だね。この人は確かに死んだ友人の訪問を受けているんだ。ただし、幽霊の存在というものが実証されていない以上は、本人の妄想《もうそう》及び脳が見せた幻覚という線もあるけれど」

「そうしてほしいなー」

よくテレビ局とかラジオ局には怪談噺がつきまとうよね。あれって、けっこうマジなんだよね。思うに、スタジオみたいに密閉された空間って何かが籠《こも》るんだよきっと。その籠ってしまうっていうのは、何かを閉じこめちゃうと思うんだ。

だから、こういう怪談めいた話をスタジオで読むとマジ怖い。震えが来る。

「でも、もしも幻覚とかなら花を一輪残すっていうのは、それも幻覚？」

寧々さんが言って、うん、って槙村さんが少し考えた。

「花には、滅多にはないけれども、幻覚を引き起こす作用のあるものもあるよね。たとえばチョウセンアサガオとかね」

「あるんですか、そんなの」

「あるよ。もちろん薬にも使われる。そもそも薬も毒も、洋の東西を問わず植物が由来だろう？　だから、この人が幽霊の訪問を受けた後に花が一輪残っているというのも、何かそういうものを暗示しているような感じもする」

「それで短編が一本書けるわね」

「書けるけれど、リアリティを持たせるために毒性を持つ植物についてかなり調べなきゃならないかな」

何にしても、こういうのは残念ながらとりあえずボツ。なにをどうしようといい話にはなりっこないからね。いつか夏にちょっと怖い話特集とかするんだったら採用しようかってことで取ってはおくけど、そのときには本人に怪談噺としていいですか？　って確認しなきゃならないからちょっと面倒くさい。

「へー、これ凄いですよ。まったく会ったことのなかった兄弟と会った話」

結構分厚い手紙を開いて読んでいた。そこに書かれていた〈ある一日〉の話。

「きょうだい、って男？　女？」

寧々さんが訊いてくる。

「男兄弟ですね。いわゆる腹違いってやつかな」

お母さんが違う兄弟だ。

「離婚絡みとか」

「いや、違いますね。浮気ですわー。お父さんが浮気して向こうの女性に子供ができてたのを、二十年全然知らなかったって話」

うわ、って寧々さんがものすごくイヤそうな顔をする。

「なかなか、キツそうな話だけど、いい話になってるの？」

「どうですかね。この人は一人っ子だったので、なんか兄弟に会えて嬉しかったみたいになってますけど、これどうですか槙村さん、手書きですから本当かどうか」

「どれ」

テーブルの上を滑《すべ》らせて、向かいに座っている槙村さんに渡す。槙村さんが手紙を手にして、ほんの数秒眺めて、頷く。

「うん、事実のようだね。全然嘘が混じっていないと思う」

そう言ってしばらく読んでいくうちに、槙村さんの表情が少し変わった。

「あー、これひょっとしたら知っている人かもしれない。封筒に本名書いてある？」

「ありますよ」

しっかりと住所も。

「うん、たぶんそうだ。直接の知り合いじゃないけれど、知り合いの知り合い」

「マジですか」

「どんな知り合いなの」

「友人の父親と同じ事務所の人だね。会計事務所をやっている人なんだけど、この話をその友人から聞いたことがある」

「え、じゃあこの人も槙村さんを知ってるんですか？」

「いや、向こうは僕のことは知らない、と思うな。どうかな、知っていたら手紙に書いてありそうな気はするけど」

　寧々さんも頷いた。

「この人にしてみると一朗くんは、同僚の息子さんの友人よね。近いようで遠いし」

「遠いようで近い。微妙なところですねー」

　そういうの、あるよね。親父の親友なんていう、小さい頃からよく家に来て会っているからまるで親戚みたいに近く感じる人がいるけど、その人の兄弟なんていうのはまるで知らない、とか。

「これは、Ｂかな。知り合いってわかっちゃったからちょっと取り上げ難いし、そもそも浮気話だしね」

「そうっすね」

〈ある、一日〉。

　こうやって読んでいくと本当にその人にとっての特別な一日がたくさんあるんだって思うん

だけど。

「槙村さん」

「うん」

「例の、槙村さんが探しているっていう〈ホームレスの男が最後の夜にしてくれた、まるで奇跡のような話。それも、日常の中でも起こり得る素敵な話〉って、教えてはくれないんですよね」

槙村さんが、苦笑する。

「教えてもいいんだけれどね。でも、話してしまうとその話が広まってしまうような気がしちゃうんだ。いや、寧々さんや矢川くんは絶対に誰にも話さないって約束したら、それは守ってくれるのは間違いないとわかってはいるけれども」

守りますよ。

ゼッタイに誰にも教えない。

「わかるわ。一度口にしちゃうと、その言葉は、それこそ言の葉になって風に乗ってどこかへ飛んで行って、そこに根付いてしまうような感じね」

「詩的っすね寧々さん」

でも、確かにわかるか。

槙村さんは一度も聞いたことも、何かで読んだことも、ドラマや映画でも観たことのない話だって確信しているからこそ、探す気になっているんだ。そしてその話が必ずお父さんの事故に繋がっているはずだって。

今となっては、それだけが手掛かりになるんだって。だから、誰にも教えないようにしている。

でも、めっちゃ気になる。

それこそ俺だって何年間もこうやってたくさんの人間の〈ある一日〉の、想像もつかなかったような話を読んできた。

それでも、きっと槙村さんの探している話はそれを上回る、誰も知らないような話なんだろう。

「だけど、まぁ」

槙村さんはそう言ってから、一度考えた。

「この世の話だからね。男と女の話なんだよ。そう言ってしまえばこの世の物語は何もかも、すべてが男と女。そこから始まる話なんだ。だから、探している話もそうだよ。男と女が出会って、そこから始まった奇跡のような話だよ」

「そのホームレスのような男は、自分の話だって言ったんですか？」

ちょっと予想外のことを訊かれた、って顔を、槙村さんはした。

「そこは、たぶん、としか言えないかな。大きくなってから改めて考えると、あの人は自分の話をしたのかなぁ、とは思った。自分と、そして自分を愛してくれた人たちの話をね」

愛してくれた人たちの話、か。

槙村さんが、俺を見た。

「今度、探してみようと思うんだ。あの山荘を」

「山荘ですか」

祖父ちゃんがはっきりと覚えていた、槙村さんのお父さんが亡くなった事故が起こった山荘。

「一緒に行ってみるかい。矢川くんも」

《J-AIRFM998》
『A DAY IN YOUR LIFE』
『ア・デイ・イン・ユア・ライフ。今日が終わると同時に新たな一日が始まる狭間の一時間。そこにいるあなたの人生の、ある一日をお届けします。その日を綴るのはあなた、編んで読むのは私、小説家の槙村朗です』

こんばんは。

今日だけではなく、ここのところひどく乾燥している日が続いている東京です。カラッとしていると言えばいい感じに聞こえるでしょうか。

まだ二十代の頃にアメリカ、カリフォルニアに行ったことがあります。留学してそのままそこで仕事を見つけ、居着いてしまった友人を訪ねていったのです。

話には聞いていましたが、そのカリフォルニアのまさしくカラッとした空気にすっかり魅《み》了《りょう》されてしまいました。空港に降り立った途端《とたん》にそれを感じ取れるのは、このじめっとした夏がスタンダードになっている日本に暮らす人間だからかもしれません。しっとりとした、と言えばそれはそれでまた違う情緒《じょうちょ》というものを醸《かも》し出すのですが。

北海道に住む小説家の小路幸也《しょうじゆきや》さんとは親しくさせていただいているのですが、彼も東京の羽田空港に着いて飛行機を出た瞬間にその湿度《しつど》を感じて、「あぁ東京に来たな」と毎回思うんだと言っていました。そして彼もカリフォルニアに滞在したことがあるそうなのですが、北海道の空気感とよく似ていると言っていましたね。

しっとりと湿《しめ》るのも、カラッと乾燥するのも、どちらもあってこそ美しい日本の四季が楽しめるのでしょう。

あなたのところの今夜の空気はどうでしょうか。

今夜も〈あなたの人生の、ある一日〉をお届けしますが、その前にお便りを少しご紹介していきましょう。

ラジオネーム〈カセットテープ〉さん。山口県にお住まいの主婦の方ですね。

〈槙村さん、こんばんは。〉

こんばんは。

〈槙村先生の大ファンです。先生の本は単行本も文庫本も全部買って、本棚に並べています。〉

ありがとうございます。本当に嬉しいです。

〈もちろんその他にもたくさん好きな作家さんがいて、きちんと購入しては本棚に並べているのですが、かなりの量になっていてもはや本棚に入りきらず新しい本棚を購入して置く場所もなく、どうしようかと毎回悩んでいます。小説家の皆さんもきっとたくさんの本をお持ちだと思いますし、送られてくる本や文芸誌などもたくさんありますよね。それはどうやって保管しているのでしょうか。〉

そうなんですよね。私も作家になる前から読書が大好きで、買った本は全部取ってあります。どうやって置いておくかは永遠の課題なのですよ。

保管方法は人によって様々です。知り合いの作家さんに限っての話になりますが、ご近所の中古の家を一軒買ってまるごと本だけの倉庫にしている作家さんもいますし、ごく簡単にレンタルの倉庫をずっと借りている方もいます。中には、部屋一つ分の本しか保管しないと決めて、毎年整理して納まりきらないものはすっぱりと処分してしまう人もいますね。本当に人それぞれです。海外の作家さんの話ですが、文字通り図書館レベルの建物を建ててしまって、そこに本を並べている方もいるとか。羨《うらや》ましい限りです。

私の場合は、幸いなのかどうかですが実家が空家《あきや》になっていますので、自宅に入りきらなくなったものは全部そちらに回しています。

『A DAY IN YOUR LIFE』

▼

【東京都　松田史《まつだふみ》　四十七歳　主婦】

私の人生にも、あったんです。

私の〈ある一日〉が。

二十二歳のときです。私は大学卒業を目の前にしていました。就職も、某旅行会社に決まっていて、あとはただ卒業を待つばかりの、今から思えばものすごく暇《ひま》な時期でした。長く続けていた実家の近所のコンビニのバイトも辞めてしまい、毎日ふらふらしていました。

私の実家は、東京の巣鴨《すがも》にあります。有名だと思いますが、〈とげぬき地蔵〉から歩いても三分と掛からないようなところ。そこから幼稚園から大学までずっと通っていたんです。巣鴨の駅に行くときにはいつも〈とげぬき地蔵〉さんの横の道を歩いていました。

土曜日でした。

大学の女友達と、その日に封切りになるちょっとマイナーだけどおもしろそうな映画を一緒に観に行こうと約束していたんです。場所は、有楽町《ゆうらくちょう》です。

いつものように〈とげぬき地蔵〉さんの横の道を歩いて、ちょうど門の前に差し掛かったときです。出てきた中年の男性が、ちょっとした段差に足をとられて転んだんです。たまたま私はその瞬間を、足がぐねっとなるのを直視してしまっていて、うわ痛そう！　って思って、小走りで近づいて大丈夫ですか！　と声を掛けました。

中年の男性は、いやいや、と恥ずかしそうに笑って立ち上がりました。ひょっとしたら捻挫でもしているかもしれないと思ったんですが、立ち上がって足を確かめていました。

「あの、捻挫でも」

「いやぁ、少し痛みますが、大丈夫です。ありがとうございます。お恥ずかしい」

そう言って駅の方向に歩き出しました。

やっぱり足が痛むのか、足を少しかばいながら歩いています。そのせいでちょうど私の歩く速度と同じような感じになっていて、私は後ろをずっと歩いていきました。

年齢はたぶん、私の父親と同じぐらいだろうって思いました。背格好といい、話し方といい、なんとなく似ていました。同年代の、きっと同じような職種のサラリーマンだろうな。指輪をしているから結婚はしてる。お子さんがいたらきっと私と同じような年齢。今日は休みかな、あ、でも休みで一人でここまで来てるっていうのは何だろうな。

なんてことをあれこれ考えながら、ずっと後ろを歩いて駅まで来ました。

男性はそのまま山手線に向かいました。何となくそのまま後ろを歩いて、私も山手線に乗りました。

なんか尾行しているみたい、とは思いました。でもきっとどこかで別れるだろうと思っていたのですが、同じ車両に乗って、そのまま男性は私と同じ有楽町駅で降りたのです。

（あ、偶然）

改札を出て駅を出ようとしたところで、身体の向きを変えたので、初めて男性は私の姿を認めて、あ、って顔をしました。ずっと後ろを歩いていたのに気づかなかったんでしょうね。会《え》釈《しゃく》をしました。私もそれを返して、そこでようやく行く方向が分かれました。

男性は右へ、私は左へ。

足、お大事に、とか思いながら私は待ち合わせている映画館へ向かいました。

ここからです。

映画館のロビーで、また会ってしまったんです。その男性に。

お互いに、「あら」「おや」って顔をしてまた会釈しました。お互いにちょっと苦笑して。男性は手にさっきまで持っていなかったお店の紙袋を提《さ》げていましたから、どこかのお店に寄って買い物してから映画館に来たんでしょう。

それだけでも、ものすごい偶然です。これまでの人生でそんなことは一度もありませんでした。

でも、偶然はさらに続くんです。映画館を出るときには会いませんでした。たくさん人がいましたからね。

そのまま友人とちょっとウィンドウショッピングなどしてから、友人が選んでくれていた美味しいと評判のイタリアンのお店に晩ご飯を食べに行きました。

そこにも、いたんです。その男性が。しかも、ほぼ同時に店に入ってしまったんです。私たちのすぐ前に入った人が、そうだったんです。

さすがに、お互いにちょっと驚くというか、これは、なんだ？　って感じになってしまって。

「いえ、あの、後を尾《つ》けたとかじゃないですよ？」

私の方がほんの数秒後に入ったので思わずそう言ってしまって、男性もたぶんそんなことを言おうとしていて笑ってしまいました。

「おかしな偶然ですね」

お店は混んでいました。そんなに大きな店ではなくて、見渡しても空いている席はひとつしかなかったんです。これはちょっと待たされるかな、と思ったんですが、男性が言ったんです。

「混んでいるようだし、どうですか？　相席でも」

何かのご縁かもしれないですしね、って。

優しそうな、そして穏《おだ》やかな笑顔の人でした。絶対にいい人だろうなって思えるような。

それで、一緒のテーブルについてご飯を食べたんです。イタリアンだから三人ぐらいの方がいろいろ食べられるしな、とも思いました。

松田篤《あつし》さんという方でした。もちろん、似た感じの仮名です（先生の真似をしました）。印刷会社にお勤めしていて、やはり父とほぼ同い年の方でした。

こんな人が上司だったらいいだろうなって思いました。穏やかで、そしてどこか品があるような。

会話も、理知的《りちてき》というか、機微《きび》に聡《さと》いというか機知に富むというか、とにかくすごく有意義だと感じて楽しかったんです。一緒にいた女友達も、なんだか理想的なお父さん像って感じの人だわって後から話していました。おもしろかったって。父親みたいな年齢の人とこんなに長い時間話して、楽しかったなんて初めてだって。

でも、それだけだったんです。

連絡先の交換なんてしませんでした。松田さんもそんなことは言いませんでした。ただ、私の就職先の旅行会社も松田さんの印刷会社に印刷物を発注とかしているので、またどこかでご縁があるかもしれませんね、って。

それきり、会うことはありませんでした。

五年間は。

そうなんです。

五年後に、会ったんです。

二十七歳のときに、仕事の関係で出会った人は、松田晃《あきら》さんという人でした。スポーツジムに勤務していて本人も学生時代はずっとサッカーをやっていた人です。実はJリーグのあるチームにも上がれるぐらいの実力を持っていたんですが、怪我で断念した人。

出会ったときには、気づきませんでした。お付き合いを始めてもまだ気づきませんでした。だって、松田さんという人はたくさんいます。同級生にだって二人ぐらいいましたし、会社にも一人いましたから。

家族の話をするまで、まったくわかりませんでした。

お父さんのお名前を聞くまで。

晃さんのお父さんは、松田篤さんだったんです。

すっかり忘れていたその名前を聞いて記憶が甦ってきて、のけぞるぐらいに驚きました。

「ひょっとして、印刷会社にお勤めの松田篤さん!?」

「え、なんで知ってるの」

これは、どういう類いの縁と言えばいいんでしょうか。

だって、私が松田篤さんと出会ったことと、晃さんと出会ったことにはまるで関連性がないんです。それなのに、私は松田さん親子と、縁が繋がってしまったのです。

笑えばいいのかどうか、首を傾げるしかないような出来事だったのです。

付き合い始めて一年後に、松田さんの家に行きました。晃さんには、私がお父さんに会ったことがあるのを内緒にしてもらっていました。

晃さんのお母さんは、晃さんがまだ中学生の頃に病で亡くなってしまったそうで、それからお父さんが男手ひとつで晃さんを育て上げたんです。晃さんは就職したときに家を出て一人暮らししていましたから、家には松田篤さん一人きりだったのです。

お邪魔して、居間でお会いしたときの松田篤さんの、とてもとても奇妙な表情は一生忘れません。

うん？　あれ？

この女性は見たことあるぞ？

え？　ええっ!?

そんなふうに移り変わっていったお義父《とう》さんになる人の顔を見て、私は笑いを堪えきれなくて、晃さんも大笑いしていました。

お義父さんになった松田篤さんはまだまだお元気です。

時々ですけど、たとえば年末お正月に実家を訪ねたときなどに、私とお義父さんの不思議な出会いの話が出ます。

本当に、どういう縁だったんだろうね、と。神様も何がしたかったんだかわからないよね、って。

でも、つい昨年のことです。

いつもの年のようにお正月に実家に集まり、お義父さんも囲んで食事をしていると、ふとお義父さんが言いました。

あの日、一人で〈とげぬき地蔵〉さんに行って、お買い物をして、映画を観て、そして私たちと食事をして帰った日は、亡きお義母《かあ》さんの命日だったんです。

ちょうどお休みが重《かさ》なりなおかつ何も予定がない日だったので、二人の思い出の場所を巡ったり、お義母さんが好きだった俳優さんが出ている映画を観に行ったり、二人でよく行ったお店にご飯を食べに行った。

そういうことだったそうです。

「ひょっとしたら、母さんが史さんとの縁を繋いでくれたのかもしれないなぁ、とは思ったんだが、でもそうとも言い切れないしなぁ」

結婚して二十年近くも経ってから教えられた事実でした。

もうちょっと早くに教えてくれてもいいのに、と思いましたが、槙村さんにお手紙をするきっかけになりました。

▲

松田史さんの〈ある一日〉ありがとうございました。

松田史さんも言っていましたが、松田篤さん、晃さん親子は似た雰囲気の仮名です。もちろん、松田史さんも。

確かに、最後の命日の部分を知るまでは、どういう表現にするのがいいのかちょっと決め兼ねるような縁でしたね。

今のお義父さんとの最初の出会いは確かに偶然でしょう。いくつか重なってしまいましたが、意外と誰の身にもありそうなもので、それが今の夫である晃さんとの縁に繋がった、とはまるで思えませんでした。何かこう、神様が途中で居眠りしてしまって起きてから慌てて繋げたような縁、みたいな感じだなぁ、と。

でも、それがお義母さんの命日の思い出巡りの日の出来事だったというのは、実に史さんと晃さん二人の出会いに繋がるような、印象的なものでしたね。

繋がる縁と言えば、今まで話したことはありませんでしたがこの『A DAY IN YOUR LIFE』のディレクターであり、何度か番組にも声で登場している小松《こまつ》さん。血は繋がっていないのですが実は私と親戚なんです。

初めて会ったのは私がまだ小学生の頃で、親戚となった結婚式の場なんですよ。私たちのいとこ同士が結婚したんです。

まさか、それから十数年経ってラジオのディレクターと新人作家として再会するなんて思いも寄らなかったですね。

こういうのが、縁というものなんでしょう。


『A DAY IN YOUR LIFE』

『あなたの人生の、ある一日を募集しています。何でもない一日、奇跡を感じた一瞬、幸せだった日々、不思議なことがあった日。どんな一日でも結構です。メール、ファックス、手紙、葉書などできる方法でお寄せください。いただいた〈あなたの一日〉は私が読みやすい物語に仕立てて、この番組でお送りします』

＊

槙村さんが、あのときに一週間ぐらい過ごした山荘。

住所は一応わかったんだけど、そもそも車では行けない場所にあるって祖父ちゃんが言っていたから、東京から車で出かけるのは論外《ろんがい》だと思っていた。

Google Mapsでも確認してみたけれど、要するに山の中に入って、車で行ける道路のいちばん奥の民家らしきものの近くまでタクシーで行って、そこから歩くしかないんだろうなって。

仮に車で行ったとして道路のいちばん奥に駐車場なんてないし、そもそも民家が近くにあるから私有地か何かになってしまうだろうから、車を勝手に置いておくわけにもいかない。その民家に誰かがいるかなんて調べようもないし、連絡も行かなきゃ取れない。

文字通りのハイキングになるのかなーって思っていたけれど、槙村さんがたぶん車で行っても大丈夫じゃないかなって。

その代わりに、山道を走れるような車で。どうするのかなって思ったら、槙村さんはトヨタのランドクルーザーをレンタルしてきた。めっちゃカッコいいやつ。

東京から葉山までの、まぁちょっとしたロングドライブ。

混んでいたとしても、二時間ぐらいあれば余裕で着くんじゃないかなって。まだ夏休みには早いし。

「あの山荘が父の持ち物だったなんて知らなかったし、まったく頭にもなかった。自分の記憶にはなかったからね」

ハンドルを握りながら、槙村さんが言う。俺が運転しますよって言ったんだけど、どっちが運転歴が長いかって比べたら槙村さんだったので。

「でしょうね」

知っていたら、調べていたはずだよね槙村さんなら。

「お母さんも知らなかったかどうかは、確かめようもないですもんね」

槙村さんが頷く。

「今はね。とにかくほとんど会いにも行けないし、訊くこともできないよ。でも、僕の記憶の中に山荘のことなどひとつもなかったんだから、母も知っていたとは思えない。僕があの山荘にいた一週間の間に母が来ることはなかったんだ。それは、確実に覚えている、っていうか来ていたら覚えていたはず」

ですよね。

「状況証拠としては、お母さんも山荘のことはまるで知らなかったって結論になりますよね」

「叔母には訊いてみたんだ」

今、槙村さんのお母さんが一緒に住んでいる叔母さん。紀子さんですね。

「知ってました？」

「まるで知らなかったね。まぁ前にも言ったけどあの当時叔母は東京に住んでいたし、母の親族だから知らなくて当然だと思う。そして父の親族というのもね、たぶん極端に少ないんだ」

「そうなんですね」

「僕が知っている父方の親族というのは、父の姉に当たる人。紫野《しの》さんという人なんだけど、たぶんもう亡くなっている」

「たぶんって」

「若い頃にスペインの人と結婚してずっと向こうで暮らしていたらしい。僕は話だけは聞いた覚えがある。そういう、僕にしてみれば伯母《おば》がいるっていうのはね」

紫野さん。スペイン。

「亡くなったというのは確実なんですか？」

「十五年ぐらい前に、葉書が届いていたそうだよ。それは紀子さんが覚えていた。その葉書もスペイン語で書かれていたので翻訳するのに苦労したって。わかったことは、とにかく旧姓仲村紫野は、スペインのグラナダで病で亡くなったということだけ」

グラナダ。聞いたことはある地名だけど。

「どの辺なんですかね」

「スペインの地図でいうと下の方だね。南部にあるアンダルシア地方の都市だよ」

アンダルシアに憧《あこが》れて、って歌があったよな。

道路は全然混んでいない。スムーズに行けそうかな。

「それで、今更《いまさら》だけれど、父親の戸籍謄本《とうほん》を取ってみた」

「戸籍」

「今の今まで、何故父は死んだのかって疑問を抱《かか》えながらも何も調べようとはしなかったんだ。この間、矢川くんのお祖父さんが現場である山荘に来ていて、しかもその山荘は父の持ち物だったなんて聞かされてさ。自分は何て愚かにもただぼんやりと考え続けていたんだろうなって」

なるほど。でも、あんまり考えないよね。自分の父親の戸籍を調べようなんて。

「驚いたよ」

「何に？」

槙村さんが顎をくいっと動かした。

「後ろの僕のバックパックの、前のポケットに入っている」

取った。あー、見たことある。

戸籍謄本。

槙村さんの父親は、仲村和明。うん、母親は仲村桂子《けいこ》。

「僕の祖父のもあるだろう」

お祖父さん。

「仲村巌《いわお》さん。ハルさんはお祖母さんですね。え、槙村さん、これお父さんって三姉弟じゃないですか」

槙村さんのお父さん、仲村和明さんに、お兄さんとお姉さんがいる。

お姉さんは、さっき出てきた紫野さん。

そしてお兄さん、仲村智明《ともあき》さんって人がいる。

お父さんの和明さんは、末っ子だ。

「槙村さんの、伯父さんですねこの智明さんって人は」

「そうなんだ。僕はまったく知らなかった。一度も聞いたことがない。父に兄がいたなんてね。紀子さんにも訊いたけど、知らなかったって」

「マジすか」

紀子さんはお母さんの桂子さんの妹なんだから、姉の旦那さんになった人の兄のことを知らないって。結婚式とかたぶんしたと思うけどそのときにもいなかったのか。

いや、式もしないでただ婚姻届を出しただけっていうのもあるか。

「ゼッタイになんか深い事情ある雰囲気じゃないですか。お父さんのお兄さん」

そうなんだよな、って槙村さんが顔を顰めた。

「煙草《たばこ》吸っていいかい？」

「あ、どうぞ」

俺は吸わないけど、煙草の匂いは嫌いじゃない。それに走行中は窓を開けると煙は全部あっという間に出ていくから。

槙村さんがウィンドウを開けて、煙草を取り出して火を点《つ》ける。喫煙者ってよく器用に運転しながらそういうことができるよね。

ウィンドウを開けたから、風切り音は盛大に大きくなる。

「それで、山荘の件なんだけど」

槙村さんも、声のボリュームを上げる。

「はい」

「父は、当時はただの大学の准教授、昔だからまだ助教授って呼んでいた頃かな。そのはずだから、いくら葉山の山の中とはいえ山荘なんてものをポンと買えるお金があったはずもないんだ」

「ですよねー」

教授はともかく、准教授とかその辺の人たちの給料は低いって聞いたことがある。

「だから、遺産じゃないかって考えた」

「お祖父さんの、巌さんの」

「そうそう。それで、本当にこれも今更なんだけど、仲村家の歴史を、仲村巌という祖父は何をしていた人なのかを調べてみた」

「わかったんですか？」

親族はいないに等しいのに。

「あっさり、わかった」

あっさり。

「仲村巌さんは、生前は鎌倉で旅館を営《いとな》んでいたんだ」

「旅館ですか」

そうか、旅館ならいろんなものに資料が残っているか。

「〈仲村屋〉という旅館で創業者は巌さんの父、僕の曽祖父だね。吉満《よしみつ》さんという人。その頃には流行《はや》っていていてけっこうな財産を築いたようだけど、巌さんが放蕩《ほうとう》息子だったようだね」

「あー、そっちですか」

バカ息子で財産を食いつぶすってパターンか。

「それで、巌さんは〈仲村屋〉を潰してしまった。今は〈柊館《ひいらぎ》〉っていう名前の旅館になっていて、当時の建物の一部も残っていたよ」

「じゃあ、山荘っていうのは、お祖父さんの巌さんが唯一《ゆいいつ》子供たちに残した遺産ってわけですか」

「そういうことだね。登記簿も残っていた。確かに、そこの山荘は巌さんから、父に残されたものになっていた」

末っ子に。

「そこでもやっぱり長男の智明さんは出てこない、と」

「そういうわけなんだ。戸籍には死亡となってはいないだろう？」

「いませんね。いや、そもそもお姉さんの紫野さんも生きてることになってますよたぶん」

戸籍が変更されていないみたいだし、結婚したとかにもなっていない。

「そこは、わからない。たぶんだけど、スペインで亡くなってそのままになっているんじゃないかな、と」

「死亡届とかそういうのが日本で提出されていないってことですかね」

「たぶん」

聞いたことがあるそういうの。海外で亡くなっても現地の領事館とかに届けが出されないと、日本の戸籍も変更のしようがないって。

「もしもそうなら、まぁ一人残った親族としてはなんとかしなきゃなって思ったけど言葉の壁もあるしな」

「ですよねー」

スペイン語なんてまったくわからない。たぶん現地に行って確かめなきゃならないんだろうけど。

「なんか、いろいろ出てきちゃいましたね一族の闇みたいなものが」

槙村さんが、笑った。

「闇ね。まったくだよ。まぁでもしばらくは退屈しないかもしれない」

それは確かに。

「あ、そうか。今気づいた。土地も含めて山荘がお父さんのものになっているんだから、道なきところでも車で乗り込んでしまえば大丈夫ってことっすね」

「そういうこと」

それで、ランドクルーザーか。

＊

たぶん、誰も通っていなかったんだ。ほとんどもう獣道《けものみち》って感じの狭《せま》い道路。草ぼうぼうだし、なんか虫もいっぱいいるし。

でも、草の間から砂利が残っているのが見える。ってことは、昔はちゃんとした砂利を敷いた道路だったたってことだ。

「あれですね」

木々の向こうに見える、赤い屋根の家。壁は、たぶん昔は白かったんじゃないか。本当に山荘って感じの家。スイスの山の中にあったら似合うような建物。

「ひどいっすね」

「廃虚《はいきょ》だねもうこれは」

槙村さんも言う。

「それなりの格好してきて、正解でしたね」

「まったく」

たぶん山の中で虫もいっぱい出るし、家もボロボロだろうからほとんど探検隊みたいな格好をしていこうって話して、そういう格好をしてきたんだ。まぁ探検隊は大げさだけど、ジーンズに長袖のシャツに軍手も帽子も、それにゴーグルにマスク。家を解体できるようなものは準備してきた。安全靴も。

「寧々さん来なくて良かったですよ」

「本当だ」

一緒に行きたいって言ってたんだけど、今日は生憎《あいにく》と寧々さん仕事が入っていた。俺だけ休みって狡《ずる》いって怒られたけど。

なんとか家の体裁《ていさい》を保《たも》っているような廃虚。でも、玄関の扉はかなりしっかりしていた。こういうところのものはいちばんちゃんと造作するから、最後まで残るっていうよね。

玄関入って、すぐ目の前に扉があって、そこを開けると、広い居間。

槙村さんが間取りは何となく覚えていた。

ちょうど居間の向こう側の大きな窓、っていうかその向こうはベランダか。そこから陽射《ひざ》しがはいってきていて、明るく全部見える。

埃《ほこり》が、盛大に舞ってダンスを踊っているのも。

そして、居間に足を踏み入れて最初に目に入ってきたのが。

絵。

イーゼルに置かれた、絵。

静かに埃だけが降り積もったようになっている、絵。

「この絵」

子供だ。

男の子の、肖像画、か？

「槙村さん、ひょっとしてこの絵の男の子」

槙村さんが、顔を顰めながら、頷いた。

「僕だ。間違いなく」

近寄って、そっと持ち上げる。

埃が舞う。

「思い出した。描いていたんだ」

「誰がですか」

「ホームレスの男が」

ホームレスが。

「僕の絵を描いていた。そうだ、ずっと描いていた。モデルになってくれって言って長い間僕はそこの椅子やソファに座って」

絵のモデルに。

「え、じゃあそのホームレス、画家さんってことなんですかね」

いやそうじゃなきゃ、おかしい。

どう見たってこの絵は、素人のものじゃない。美術を、絵を描くことをちゃんと学んだ人間が描いた絵だ。

《J-AIRFM998》
『A DAY IN YOUR LIFE』
『ア・デイ・イン・ユア・ライフ。今日が終わると同時に新たな一日が始まる狭間の一時間。そこにいるあなたの人生の、ある一日をお届けします。その日を綴るのはあなた、編んで読むのは私、小説家の槙村朗です』

こんばんは。

スタジオから見える東京の街並みは雨で煙《けぶ》っています。空調が効いているはずのスタジオですが、心なしか空気もしっとりとしているように感じます。あなたの街の天気は、今どんな感じでしょうか。

ちょうど今の時間、民放のテレビではあの不思議な生き物が出てくるアニメ映画をやっていますね。クライマックスのシーンに近づいた頃でしょう。何度も観ているのに、テレビでやっているとついつい観てしまいますよね。しかも家にはＤＶＤがあっていつでも好きなときに観られるのに。

映画も音楽も、今はいつでもどこでも好きなときに好きなものを観られるし、聴ける環境になっています。私もそうです。執筆に使っているのは大きなディスプレイのパソコンなので、そこで映画を楽しめるし、もちろん音楽も聴けます。

でも、意外と本当に好きな映画や音楽をじっくり観たり聴いたりすることは、ないのですよね。それよりも、ふと気づくとテレビでやっていたり、あるいは街を歩いているときにどこからか聞こえてくる思い出の曲。ラジオを点けたときに流れてきたあの曲。そういうときに、観入ったり、聴き入ったりしてしまいますよね。思い入れがある作品のときにこそ、そうなってしまいます。

思い出は、思い出すからこそ輝きを放つのでしょう。

今夜も〈あなたの人生の、ある一日〉をお届けしますが、その前にお便りをひとつご紹介しましょう。

ラジオネーム〈右巻きナルト〉さん。四国にお住まいの主婦の方です。

〈こんばんは、槙村さん。〉

はい、こんばんは。

〈ある一日でも何でもない話なのですが、私の家族、結婚前の家族の父母そして兄妹のことですが、全員左利きなのです。〉

それは、かなり珍しいご家族なのではないでしょうかね。

〈父と母が結婚したときに、二人とも左利きだから生まれてくる子供もそうなるかな、と話していたそうですが、その通りになりました。もちろん、別に強制されたわけでもなく、そして矯正されることもなく、兄と私と妹の三人とも見事に左利きです。周りを見渡しても話を聞い

ても、家族全員というのは相当珍しいと思います。〉

その通りですよね。私の友人知人を思い出しても左利きなのは二、三人。たぶん全体の一割ぐらいかもしれません。ちょっと検索してみましたが、何故左利きが少数なのか、はっきりした理由はわかっていないようですね。

〈それなので、我が家には左利き専用の道具が山ほどありました。父は製造業の人で元々器用なのでいろんなものを左利き用に作り替えたりもしていましたね（たとえばタンスの扉などを付け替えたりです）。それと、同じ左利きでも個性みたいなものがあって、私は練習したわけでもなく右手で箸《はし》が使えますが、妹はできませんでした。そして兄は高校まで野球をやっていたのですが、スイッチヒッターでした。特に練習したわけではなく、野球を始めた小さいときから両方で普通に打てたそうです。〉

そうなのですね。不便だからと箸は右手で持つ練習をした、という話は聞いたことがありますが、しなくても普通に持てる人もいるのですね。

〈それで、もう兄妹三人とも右利きの人と結婚して子供も合計で五人いますが、左利きの子はいませんでしたね。妹の男の子が最近野球を始めたそうで、ひょっとしたら潜在的に左利きの何かがあるかもしれないし、野球の場合は左利きが有利な場合があるそうですね？　左で投げたり打ったりさせているそうですよ。〉

もしもピッチャーになったりしたら、サウスポーは貴重ですからね。確かにいろいろ有利になると思いますね。

このお便りを読んで思い出したのですが、皆さん腕時計をされていますか？　大体は利き腕とは反対の手首に着けますよね。私は右利きなのですが、腕時計を左腕に着けるのがどうも昔からしっくりこなくて、右腕にすることが多いのです。皆さんはどちらに着けてますかね。


『A DAY IN YOUR LIFE』

▼

【青森県　稲村豪　六十五歳　元公務員】

もう半世紀近くも前の、私が高校三年生のときです。

私の学校には新聞部がありました。毎月、校内新聞を発行していたのです。三年生になりその部長になりました。

差し障《さわ》りがあるといけないのでいろいろとぼやかしますが、私の高校も出場するある体育大会を取材しに出かけたのです。電車で五時間もかかる遠いところでした。

行きは先生や他の部員と連れ立って特急で向かったのですが、ある事情、と言っても大《たい》したことのない事情だったのですが、私一人が遅くまで現地に残り夜行列車で帰ることになったのです。

夜行列車は寝台とかではなく普通列車で、私が住む街まで七時間もかかる道行きでした。私と同じぐらいの年齢の方なら乗った記憶があるでしょうが、背もたれが真っ直ぐの向かい合った四人掛けが並ぶ客車でした。当時はまだ灰皿が窓の下に付いていましたね。もう時効でしょうけど、私は当時から煙草を吸っていたので、先生の目を気にしなくて済むのでラッキーと思っていました。

夜の十一時ぐらいに出て、私の住む街に着くのは朝の六時ぐらい。

早めに乗り込んだ車内は見事にガラガラでした。私の乗り込んだ車両には、四人掛けに座った三人組の男性たちと、その他に男性が一人。他には誰もいませんでした。

夜中にそんな長旅を一人でするのは初めてでしたが、既に往路を経験していましたから、まぁ一人でも寝てれば着くんだからなんてことはない、と気楽に考えていました。

何となく騒がしそうな三人組の男性が座っている席からいちばん離れた席まで歩いて、入口のすぐ脇の四人掛けのところに一人窓際《まどぎわ》に座り発車を待っていると、お母さんと娘さんらしき二人連れが客車に入ってきました。

お母さんらしき人が車内を見渡し、入口すぐ脇のところに座っていた私に目を留めました。

「あの、すみません。どちらまで行きますか」

「あ、終点までです」

私の住む街の名を言いました。お母さん、何か安心したような顔つきをして頷きました。

「この子も、一人でそこまで行くのです。お席、ご一緒させてください」

「あ、どうぞ」

「すみませんありがとうございます。どうぞ道中よろしくお願いします」

お母さんはそう丁寧に言って頭を下げて、娘さんは少し恥ずかしそうな表情をして会釈をして、大きめのボストンバッグを網棚に上げようとしたのでそれを手伝いました。

そしてお母さんは、外へ出て行きました。

この子、と呼ばれた娘さんは、どう見ても私と同年齢ぐらいでした。

私は、私服でした。学校自体が私服で髪形などもわりと自由な校風だったのです。そして私は、その頃から老《ふ》け顔でした。まだ高校生なのに社会人、下手すると三十過ぎのおっさんに見られることもしばしばでした。

老け顔でしたが、自分で言うのも何ですが、優しそうなそして人畜無害《じんちくむがい》そうな顔をしています。お母さんは間違いなく私を真面目《まじめ》で良識ある社会人の男性と見て、娘さんの道行きを頼んだのでしょう。

(でもたぶんこの人、年上だよなぁ)

そう考えていました。

時期的には中途半端《ちゅうとはんぱ》でしたが、たぶん高校を卒業して私の住む街の学校に入るか、あるいはどこかに就職するために向かうところなんじゃないかと思っていました。列車が発車するまでお母さんがホームの窓のすぐそばに立って待っていたので、娘さんには何も訊かずに待っていました。

やがて列車は動き出し、娘さんはお母さんに軽く手を振り、私もそれに合わせて軽く会釈しました。

どこにでもある、そして何度となく繰《く》り返されてきた、歌われてきた駅のホームでの別れの場面です。

お母さんの姿が見えなくなったところで、訊いてみました。

「あの、就職か何かですか」

娘さんは、ちょっと微笑んで軽く首を横に振りました。

「美容師の専門学校に行くんです」

「あ、じゃあ高卒、ですかね」

「そうです。この間卒業して」

やはり、年上でした。何かしらの事情でこれから入学するのでしょう。

「僕、高校三年生です。後輩です」

そう言うと、娘さんは目を丸くして驚き、笑ってしまいました。

「ごめんなさい、母が勘違いしちゃって」

名前は、紀香《のりか》さん（もちろん、同じ雰囲気の仮名です）と言いました。私も名乗り、いろいろ話をし始めました。

中途半端な時期に専門学校に入学するのは、高校を卒業する頃にちょっとした病気になってしまって治るのに時間がかかったこと。小さい頃から美容師になりたいって思っていたこと。私は、何故この列車に乗っているかなどを話しました。取材した体育大会はもちろん紀香さんも知っていましたね。

それから、これから紀香さんが住み始める私の住む街のこと。その専門学校のある場所ももちろん知っていましたし、新聞部として自分たちの街のことはいろいろと取材していましたから、そういう話をしました。

楽しく話していました。

ふと、反対側に座る三人組の男性たちが騒がしいことに気づきました。お酒を飲んでいたのです。そういえば、お酒やおつまみみたいなものを持ち込んで、私が乗ったときには既に飲んでいたなぁと思い出しました。

彼らの視線が、紀香さんにちらちらと向かうのがわかりました。

あぁ、これはまずいな、と思いました。

紀香さんは、充分に可愛らしい、美人と言っても過言ではない女性でした。三人組の男性は普段どんな仕事をしているのかなどはもちろんまったくわかりませんが、少なくともとても大人しい良識ある紳士には見えませんでした。

率直に言ってしまえば、荒っぽそうな、下卑《げび》た連中にも見えたのです。酔っぱらって紀香さんに声を掛けてくるのが目に見えるようでした。もしも彼女が一人で座っていたのなら、確実にそうなっていたんじゃないでしょうか。

私が一緒に座っていたので、彼らはただちらちらとこっちを窺《うかが》うだけにしていたのでしょう。でも、これ以上酔っぱらったら、そして私がいなくなったら、どうなることやらと。

これは、寝られないな、と思いました。そしてトイレにも行けないな、と。

私の勝手な思い込みだったかもしれませんが、そう決めました。

わざと通路側にはみ出すように座り直しました。もちろん、私がここにいるんだからな、と向こうに見せつけるために。

そして、煙草も吸いました。

その時代のことを知っている方は、それが当たり前のことだとおわかりでしょうね。あの時代は大人の男なら誰もが列車内で普通に煙草を吸っていたのです。

自分が老けて見えることに、このときは感謝しました。少なくとも高校生のガキには見えないんです。二十代か三十代の男が一緒にいると思ってくれれば、彼らもそんなバカなことはしないだろうと。

しばらく二人で楽しく話をし続けました。声の大きさも少し上げました。

いろんな話を続けるうちに、私たちはどこか似ていると感じていました。音楽の趣味や、好きな本や、映画や。学校生活で感じることや、友人たちとの付き合い方などなど。話のテンポも良く合ったのです。

やがて、紀香さんが眠そうになってきたので、どうぞ寝てください、と言いました。

「僕は起きてますから」

紀香さんも、酒を飲んで騒ぐ男たちを気にしているのがわかったので、そう言いました。

「大丈夫。いつも深夜放送二部まで聴いてるんで」

それは、本当のことでした。毎日ではなかったですけれど、当時のラジオの深夜放送で確か午前三時から始まる二部を聴いていました。途中で眠ってしまうこともありましたけれど、少なくとも朝の四時五時まで起きているのは、どうということもなかったのです。

網棚に上げていた紀香さんの荷物を席に下ろし、それを枕代わりに紀香さんは横になりました。

私は、本当にずっと起きていました。眠ってしまわないように、座席のひじ掛けに座ったりもしました。

三人組の男たちも、どうやら酔っぱらって眠ってしまったようでした。途中何度かトイレに立ってきました。わざとこちら側の席に向かってきた男もいましたが、メンチを切って威嚇もしました。私はまるで強くはありませんが、幼稚園から中学までは近所の体育館で行なわれていた剣道道場に通っていました。いざというときには、そこで習ったものが役立つだろう、などとも考えていました。

紀香さんの思い掛けないぐらい幼く見える寝顔を見ながら、好きな歌を口遊《くちずさ》みながら、取材のノートを整理しながら、ずっと起きていたのです。夜行列車の窓の外が薄明るくなるまで。明るくなれば、大丈夫だと思いました。人間は夜より朝の方が賢いという言葉を、その頃には知っていましたから。

実際、終点に着いて同じ駅で降りた三人組の男たちは、もう働く男の顔をしていました。その中の一人の男の人は、私と目が合い、騒がしくして悪かったね、というような表情を見せて軽く頭を下げて来ました。

私も、そうしました。

何か勝手に思い込んでいたかもしれませんすみません、と。


その紀香さんが実は長年連れ添った妻になりました。

というオチがついたならば実にドラマチックなものになったのでしょうけれども、残念ながらそんなことにはなりません。

ただ、別《わか》れ際《ぎわ》に紀香さんはメモ帳の切れ端に書いたこの街での住所を渡してくれて、私も同じように実家の住所を書いて渡しました。

年賀状だけのやり取りが続きました。それは紀香さんが専門学校を卒業して、私も高校を卒業し大学に進学してからもずっと。

その間に二人で会ったことは一度もありませんでした。

そうしなかったのは特別な理由があったからではなく、単純に私が当時は受験生であり、そして違う街の大学に進んだから、というのが大きかったでしょう。

そして私が大学に進んで街を離れてすぐに、今度は紀香さんも専門学校を卒業して、また違う街で就職したのです。

タイミングというものだったんでしょう。

もしも、何かのタイミングが合えば、二人で会い、親交をさらに深め、付き合い出すというふうになっていたかもしれないと思っていました。

それぐらい、気が合うというのを、あの夜行列車の中で感じていたのです。実際、彼女も後に数度やりとりした手紙の中でそう言っていました。

しばらくして結婚したという葉書が届き、その後もずっと年賀状のやり取りは続きました。

今もです。

お互いに結婚し、子供ができ、子供が大きくなって家を出て、そして二人とも老齢といわれるこの年齢になっても。

まだ、年賀状だけのやり取りは続いています。そして年賀状を読む度に、あの夜行列車での笑顔だけが浮かんできます。

▲

稲村豪さんの〈ある一日〉ありがとうございました。

素敵な、お話でした。このまま短編小説に書けそうな、いえ、本当に私に書かせてほしいぐらいの〈ある一日〉です。

ひょっとしたら、紀香さんの寝顔を二人きりで見た初めての他人の男性というのは稲村さんだったのかもしれませんよね。それなのに、その後は一度も会うことがなかった。連絡も全て途絶《とだ》えたというのならわかりますが、年賀状だけは今もずっとやり取りしていると。その年賀状にはきっとそれぞれの家族のこともありましたよね。彼らの子供の幼い頃の写真などもあったかもしれません。それぞれが歩いてきた人生のほとんどを知っているのに、会ったのは夜行列車の中の、一度きり。

本当に、物語を感じさせる一日でした。

余談みたいになってしまいますが、高校生だったのに三十過ぎのおじさんに見られてしまっていたというのは、よくわかります。私の同級生にもそのまま〈おっさん〉というあだ名の友人がいました。本名は宇都宮《うつのみや》といういい名前なのに。宇都宮ゴメンね。名前出しちゃった。

彼も、高校生なのに教壇に立てばそのまま教師に見られるぐらいに、老け顔だったのですよ。でもそのせいで嫌な思いはまるでしたことがないと言っていますね。

今、彼はある一般企業で働いていて係長クラスになっているのですが、老け顔は変わらず実際にますます貫禄《かんろく》が増し、取締役ぐらいに見られているそうですよ。

『A DAY IN YOUR LIFE』

『あなたの人生の、ある一日を募集しています。何でもない一日、奇跡を感じた一瞬、幸せだった日々、不思議なことがあった日。どんな一日でも結構です。メール、ファックス、手紙、葉書などできる方法でお寄せください。いただいた〈あなたの一日〉は私が読みやすい物語に仕立てて、この番組でお送りします』

＊

小説家槙村朗はものすごいベストセラー作家、っていうわけじゃない。そもそも今は小説というもの自体が一般的にはマイナーなジャンルだ。

いちばんメジャーなのは、同じジャンルで言えばマンガ。それはもう誰もが認めるよね。

マンガは読みますか？　って百人に訊いたら九十人は「読む」って答えるんじゃないかな。じゃあ小説は読みますか？　って訊いたら「読む」って答えるのは多く見積もっても三十人ぐらいなんじゃないかな。まったく個人的な印象だけどあながち間違ってもいないと思う。

なので、槙村さんも一般的な認知度はちょっと低い。それでもファンがついているし人気がある方だから、連載もけっこう抱《かか》えていて忙しいんだ。

とにかく常に原稿を書いている人だ。筆は速い方らしいけれども、それでも小説なんて決まったペースで決まった枚数を書けるわけじゃないんだから。

だから、あの山荘に行ってから四日が過ぎて、〈ある一日〉のお便りの整理をするのにいつものように三人で局の会議室に集まっているけど、謎解きはまったく進んでいないって槙村さんが言う。

「考え出すともうそれしかできなくなってしまうからね。本当に余裕のあるとき、締切りギリギリに連載原稿を上げて、次の締切りまでには何とか一日二日ぐらいは余裕があるってときじゃないと、進められなくて」

「ですよねー」

槙村さんは、わりとマルチタスクな人だと思う。そうでなきゃ連載を何本も抱えられないだろうけど、それは小説執筆に限っての話。たとえば他の槙村さんの趣味であるカメラ。いい写真を撮ろうと思ってしまうと〈創作脳〉みたいなものがそれで一杯になっちゃって〈原稿を書く〉という創作のリソースがなくなってしまうそうだ。

だから、趣味としていろんなものをやってみたいって思っても、なかなかそっちに時間が取れないって。

難しいものなんだよね創作って。

「じゃあ、この絵のこともまだ描かれていた、っていうのを思い出しただけなの？」

寧々さんが槙村さんのスマホの画面を見ながら言った。写っているのは、この間一緒に山荘に行って見つけた〈あの絵〉だ。

槙村さんがモデルになって、ホームレスが描いていたという、肖像画。

「それだけ。本当にこれっぽっちも記憶の中になかったからね。ホームレスに絵を描かれていた、なんて」

山荘で〈あの絵〉を見つけたときに、初めて槙村さんは思い出したんだ。ホームレスが自分の肖像画を描いていたって。

「その他にはないの？」

「特に重要な意味を持ちそうなものは。でも、ホームレスが煙草を吸っていたのは確実だなって思い出したかな。灰皿が一杯になっていてそれなのに煙草を咥《くわ》えて筆を持っている光景が浮かんできたから」

「記憶って、不思議なものよね」

そう思う。

「まったく覚えていないと思っていたのに、ちょっとしたことで芋《いも》づる式にずるずると出てきたりするのよね」

「あれでしょ。そもそも描かれているときに〈肖像画〉なんていう言葉も思いつかなかったんじゃないですか？　小学生で」

「そうかもしれない」

「寧々さん、絵を観て思うでしょ、その絵プロが描いたものだって。確か美術部でしたよね」

寧々さんが頷いた。

「中学高校で美術部だったわ。確かにこの絵は、少なくともきちんと絵を描くことを学んだ人間が描いたものだってわかる」

「完成してるかどうかなんてわかります？」

訊いたら、寧々さんは眉間《みけん》に皺《しわ》を寄せた。

「それはもう描いた人が決めるものだけれど」

うーん、って唸ってピンチアウトで拡大したりする。

「私の眼からすると、まだ未完成かなって気がする。ほぼ出来上がってはいるんだろうけど」

「ってことは、まだ未完成のときに槙村さんのお父さんがやってきて、あの事故が起きてそのままになってしまったってことですよねー」

「そうなるのかな」

絵を描いていたホームレス。そこにやってきたお父さん。

「持ってこなかったの？　この絵」

「向こうの家に置いてきましたよ」

東京まで持っていこうかとも話したんだけど、この絵がなんらかのきっかけになるかもしれないって考えたら、そのきっかけになるのは槙村さんのお母さんしかいないんじゃないかってその場で話したんだ。

「そうすると、東京に持っていくよりこのままここに残して、もしもそれができることなら、お母さんに見せられるようにしておいた方がいいんじゃないかって」

「そうね」

お母さんにその絵を見せることができるようになるかどうかは、まったくわからないんだけど。

謎のホームレスが描いていた、槙村さんの、仲村一朗少年の肖像画。

帰りの車の中でも槙村さんと話してきたんだ。

「いろいろな状況を考え合わせると、槙村さんがホームレスと思っていた男は、実はお父さん、仲村和明さんのお兄さんである智明さんなんじゃないかって」

言ったら、寧々さんも頷いた。戸籍とかの話はもう教えてあったから。

「その可能性は、大きいわよね。謎の山荘は、お父さんの持ち物だった。そこにホームレスはやってきたんだから、当然お父さんの身内である可能性は高い」

「そして身内の男性は、今のところわかっているのは、智明さんのみ」

「父が迎えに来たっていう僕の記憶も考え合わせると、答え合わせとしては、ホームレス＝仲村智明。僕の伯父である」

そう言って、槙村さんは少し息を吐いた。

「しかしそうなると、父の事故死に伯父が少なからずかかわっているということにもなってしまうんだよな」

「そうなりますよね」

「そのベランダも確認してきたの？」

寧々さんに、二人して首を軽く横に振った。

「見ることはできたけど、とても危なくて立ち入れなかった。でも、確かに手摺りを越えて落ちて打ち所が悪かったのなら死ぬだろうな、っていう高さだったよ」

お父さんの死は、事故死と警察もしているんだ。でも、ベランダから転落した事故死なんて、いくらでも偽装できてしまうんじゃないかって考えてしまう。

そういうのが、槙村さんの溜息だ。

自分でもずっと、父親がホームレスに殺されたんじゃないかって思っていた。でも、事故死だとわかった。けれども今度はホームレスがその存在さえ知らなかった伯父さん、父親の兄じゃないかって疑問。

「何もこれ以上深掘りしなくていいんじゃないかって気もしているんだ。そもそも、伯父である仲村智明はどんな人だったのか、それを訊ける人も誰もいない。どこでどうやって暮らしていて、今も生きているのか死んでいるのか」

父方の身内が、いない。親戚もいない。

いたとしても、わからない。

「伯母さん、お父さんの姉である紫野さんは亡くなったというしね」

「それも、確かめたわけでもないし、簡単に確かめられるものでもない。まさかスペインまで捜しにはいけない」

唯一、智明さんを知っているんじゃないかという希望があるのはお母さんなんだけど、絶対に無理にには見せられない。記憶障害とか起きているのは間違いなく夫である和明さんの死が原因なんだろうから。

本当に八方塞《はっぽうふさ》がり。

「ねぇ、一朗くん」

何かを思いついたように寧々さんが言う。

「確かに身内が誰もいなくて八方塞がりだけど、仲村智明さんを知っている赤の他人は絶対どこかにいるわけよね」

「それは、確かに」

「生年月日が戸籍謄本からわかっているんだから、うちのサイトから訊いてみたらどうかしら。昭和○年○月○日生まれの仲村智明さんを知っている人。連絡下さいって。同級生とかに届いたりしないかしら」

同級生。そうか。

「社会人で会社の同僚なんかよりは、まぁ働いていたらの話だけど、学校の同級生の方が誕生日とか知ってる可能性が高いですよね」

「絶対に学校には行ってるはずなんだから、今も交流のある同級生がいるかもしれない。その人に届けば」

「その手があるかー」

「サイトか」

「伯父さんのご本名を表に出すのはあれだけど、一朗くんが甥《おい》っ子であることは間違いないんだからそこも明かしてにすればどう？ 〈行方不明で、一度も会ったことのない伯父のことを知りたいと思っています〉とか」

うーん、って槙村さんが頭を捻った。

「いい考えかもしれないけれど、やっぱり名前をサイトで晒してしまうのはどうだろうか。僕はいいとしても、局としてそれをやってしまうのは」

「そうかー、確かに」

拙いかもしれないか。公共の電波を預かるラジオ局としては。

「けれども、あのときに何が起こったのかを本当に知るためにはそういうこともしないと、出口どころか入口も見つけられないかな」

身内を捜すのに昔はテレビで公開捜査番組なんていうのもあったし、今もたまにそんな番組はあるけど。事件を探るとかどうとかで。

テーブルの上のお便りを眺《なが》めた。こんな話をしていないでこれをちゃんと整理しないと。

一枚のファックスを手にしたときに閃《ひらめ》いた。

「あ」

思いついてしまった。

「槙村さん！　これですよ」

「え？」

〈ある一日〉。

「それを〈ある一日〉にしたらどうですかね！」

「それって？」

「〈ある一日〉？」

そう。それ。

「まさしく山荘での出来事は、槙村さんのいや仲村一朗少年の〈ある一日〉じゃないですか！　だから、自分で山荘での〈ある一日〉を物語にして『A DAY IN YOUR LIFE』で朗読するんですよ！　お父さんが亡くなられたことや、伯父さんが行方不明ってことに直接触れなければ全然いい話にできるじゃないですか！」

槙村さんなんだもん。

寧々さんが手を打った。

「それなら、全然オッケー！」

「それで、呼びかけるんですよ。伯父さん、この日のことを覚えていますかって。今は、全然会えていないし、いろんな事情で僕は伯父さんがどこにいるのかもわからないって。誰か、伯父のことを知っていますか、とかなんとか。本名を出したってその流れなら違和感ないし、誰も咎めたりしないでしょ」

イケるんじゃないですかね？　だって、槙村さんの番組なんだから。

槙村さんが、頷いた。

「やってみようか」

《J-AIRFM998》
『A DAY IN YOUR LIFE』
『ア・デイ・イン・ユア・ライフ。今日が終わると同時に新たな一日が始まる狭間の一時間。そこにいるあなたの人生の、ある一日をお届けします。その日を綴るのはあなた、編んで読むのは私、小説家の槙村朗です』

こんばんは。

私がスタジオに到着する頃には小雨《こさめ》が降っていました。それほど長い時間外は歩かないので傘は持っていませんでしたが、必要のないぐらいに細かな微《かす》かな雨でした。

雨にはいろんな表現がありますが、小糠雨《こぬかあめ》、と言えばいいものかなと思いました。聞いたことありませんか？　小糠雨。

雨滴《うてき》が霧のように細かな雨を小糠雨と言うのです。霧のようなら霧雨じゃないのか？　と思う方もいるでしょう。じゃあ霧雨と小糠雨の違いは、となるでしょうが、これは曖昧みたいです。

そもそも〈霧雨〉とは気象用語として正式に使われていて〈雨滴の直径が0・5ミリ未満の雨をいう〉ときっちり規定されているそうです。雨滴の直径をどうやって測《はか》るのかも知りたいですがそこは置いておきます。そして小糠雨とは、霧雨のあくまでも文学的な表現。誰かが、そう表現したのでしょう。残念ながら誰なのかは調べられませんでした。

だから、霧雨と小糠雨の違いはおそらくないのでしょうね。私の個人的な感覚では、霧雨よりもさらに細かいのが小糠雨かな、と思っていました。

近頃の雨はゲリラ豪雨とかでとにかく激しいものという印象が強くて、今日のようなふわふわとまるで漂《ただよ》うような小糠雨も珍しいな、と考えていました。

小糠って何？　と思った方もいるでしょう。小糠は、糠です。これも実物を見たことがなければピンと来ないかもしれませんが、玄米を精白するときに出る粉ですね。糠漬けの糠のことですよ。

今夜も〈あなたの人生の、ある一日〉をお届けしますが、その前にお便りをひとつご紹介しましょう。

ラジオネーム〈フレンチ〉さん。東京にお住まいの学生の方です。

〈槙村さん、こんばんは。〉

はい、こんばんは。

〈映画が大好きです。小さい頃からとにかく映像作品が大好きで、テレビドラマもものすごい数を観ていました。もちろん、マンガも小説も好きで普通の人よりはかなり読んでいます。今大学生でバイトはしているんですが、そのバイト代はほとんどすべて物語に注《つ》ぎ込んでいます。つまり物語が大好きなんですね。〉

私もそうでした。とにかく物語が好きで、そして一人遊びも好きでしたね。今でも覚えていますが、いろんな人形を取り揃えて、自分の頭の中で物語を作って人形たちに台詞《せりふ》を言わせていました。

〈自分でも物語を作りたい。いったいどうすればいいんだろう、どういう物語の作り方が自分には合っているんだろうといろいろと模索《もさく》中試行錯誤《しこうさくご》中です。あ、大学は美術系です。そこで思ったのですが、脚本家、マンガ家、小説家と物語を作る人たちはいろいろといますが、作り方に根本的な違いはあるのでしょうか？　ざっくりした、そして答えようのないかもしれない質問でごめんなさい。〉

なるほど。物語の作り方の違いですね。

これは、確かに答え難い、答えようのない質問かもしれません。果たして脚本家、マンガ家、小説家で物語の作り方に違いはあるのか？　と。

ないようで、ある。あるようで、ない。としか答えられないかもしれません。小説家にしても考え方、組み立て方は人それぞれですから比べられません。

私は脚本を書いたこともマンガを描いたこともないので断言はできませんが、そちらの方はある程度のフォーマットみたいなものが最初に生まれますよね。

つまり、脚本の場合は〈時間〉、マンガの場合は〈ページ数〉です。そこから逆算されるストーリーの組み立て方は間違いなくあるでしょう。小説ももちろん〈枚数〉は、特に連載小説の場合はありますが、それによる縛りは、脚本やマンガよりはるかに緩《ゆる》い場合が多いのではないかと思います。

何よりもやはり脚本もマンガも最終的には〈映像〉です。ある有名な映画監督が『映画とはフレームの中に何が映っているか、だ』と言っていました。

小説家も、文章を書きながら頭の中ではその場面の映像を作り出している場合が多いとは思いますが、そのフレームを意識すること、あるいは物語の組み立てに影響することはほとんどないと思います。

やっぱりすっきりとした答えにはならないですね。

ただひとつ言えることは、脚本もマンガも小説も、それが商業作品である以上、読む人観る人を愉《たの》しませることが大前提だということです。それを忘れた作り方は、ありえないということですね。

『A DAY IN YOUR LIFE』

▼

【熊本県《くまもと》　西川沙由梨《にしかわさゆり》　主婦】

もう三十年以上も前のことです。

当時、私は東京で仕事をしていました。広告を作っていた会社ですけど、私はクリエイターではなく経理兼総務の事務員でした。広告制作会社です。

制作が十人ほど、事務は私を含めて二人という小規模な会社でした。それでも、まだ世間ではバブルの熱気が残り広告業界も忙しく、社長も含めて皆が若く活気に溢《あふ》れていました。

制作の皆さんは同年代が多く、お昼休みとか残業のときとか、よく一緒にご飯を食べに行ったりしていてとても仲が良かったのです。女性と男性の比率も、ちょうど半々ぐらいでした。

そのときに一緒に働いていたデザイナーやコピーライターという職種の女性陣とは、東京を遠く離れた今も年賀状のやりとりが続いていています。少し前まではこちらに旅行に来た人と会い、一緒に各地を回ったりもしたものです。

広告とかデザインとか、クリエイティブなことに関してはまったくちんぷんかんぷんの私でしたが、仕事の厳しさは充分に伝わってきていました。とにかく、忙しかったのです。私は経理兼総務なので、ほぼ定時に帰る毎日でしたが、制作の皆さんはとにかく残業残業の毎日でした。その日の内に帰れれば御《おん》の字《じ》で、徹夜で仕事をしている人もいるぐらいでした。

槙村先生も、創作というものの厳しさ辛さはきっとわかりますよね。より良いものを求めるというのは、きっと広告の世界でも同じだったのだと思います。

うちの会社では、ポスターとかそういうものを制作していたのですが、最終チェックはグラフィックデザイナーでもある社長が全部やっていました。どんなに小さな、たとえばＤＭとかチラシとかでも、社長の最終チェックを通らなければ、やりなおしです。締切りというものが当然ありますけれども、ダメなものはダメなのです。たとえ締切りが明日の朝だったとしても、チェックを通らなければ徹夜してでも再度デザインをやり直して、社長のチェックを通らなければならないのです。

当時の会社はワンフロア。いちばん奥に社長のブースがあり、経理はそのすぐ脇に机があり、そして私の机の向こうからが制作の皆さんのブースだったので、チェックに来る制作の皆さんの様子が手に取るようにわかるのです。

チェックのためにポスターのラフなどを持ってきてプレゼンして、でも「ダメだ。やりなおし」という厳しい言葉を言われてうな垂れて戻っていく皆さんを見ては、本当に可哀想だな、厳しいなと思っていました。

勤め始めて、二年ほどが経ったある日です。

いつもと何の変わりもない平日の木曜日でした。皆さんはそれぞれに仕事をしていて、私もいつものように経理や総務の仕事をしていました。

昼休みの時間は、制作の皆さんはそれぞれがそれぞれのスケジュールで自由に取っていました。大体、一般企業の方々がお昼を取る時間を避けて、午後一時や二時ぐらいに取るのが普通でした。

その日は、大体いつも一緒にお昼を取る女性たちが、それぞれ打ち合わせだったりなんだりで誰もいなかったのです。そういう日ももちろんよくありました。

今日は一人でご飯だな、そろそろ行こうかな、と思ったときです。向こうで、グラフィックデザイナーの成宮《なりみや》さんが席から立ち上がりました。

お昼に行くのかな、と思ったのですが、何も手にしていません。

あぁ、煙草を吸いに行くのだな、と思いました。

当時は、まだ喫煙者が多くいたのですが、自分の席で自由に吸っていた時代が終わり、社内禁煙化が少しずつ進んでいた頃でした。

多くの会社の喫煙者は、喫煙ブースが設《もう》けられていればそこで吸っていました。我が社は狭《せま》くて喫煙ブースなんていうものは造れずに、喫煙者の皆さんは赤い防火バケツが置かれた非常階段の踊り場で吸っていたのです。

余談ですが、そのバケツを毎日帰り際に掃除するのは私の仕事になったのですが、とても臭《くさ》くて嫌でした。でも、喫煙者の皆さんがそれはあまりに申し訳ないと、自分たちで持ち回りで掃除してくれることになって本当に助かりました。

成宮さんは、午前中に社長チェックを受けて、やり直しをくらっていました。私は目の前でそれを見ていたのです。きっと落ち込んでいるのだろうけど、締切りがあるので昼食も取らずに作業するのか、煙草でも吸って気分転換するのだろう、と考えました。

非常階段への扉は、エレベーターのすぐ脇にあります。

私がお昼ご飯を食べようと会社の扉を開けて出るのと、一足先に出た成宮さんがやはり煙草を吸いに非常階段に出たのでしょう、そこの鉄扉が閉まるのが同時でした。

小さなビルですが、会社のフロアは七階です。エレベーターが来るのを待っていたのです。

何気なく、本当に何気なく非常階段への鉄扉を眺め、この向こうで成宮さんは煙草を吸っているなと考えたときです。

とても嫌な予感がしたのです。背筋にぞわりと何かが走り全身の毛が逆立ったようにも感じました。

反射的に、鉄扉のノブを持ち回して開けました。風が吹き込んできて、煙草の香りが漂ってきます。

階段をひとつ下りた踊り場に成宮さんの背中がありました。手摺りに身体を預け、七階下の地面を見ながら煙草を吸っているように見えました。煙草の煙が上がっていたからです。でも、そこを見ても何もありません。ビルとビルの間の猫しか通れないような隙間《すきま》があるだけです。

扉を開ける音にも、ぴくりとも動きませんでした。私は階段を下りました。

「成宮さん」

そこで、ようやく成宮さんは身体を動かし、ゆっくりと持ち上げるように振り返りました。

「あぁ、西川さん」

そう言ったその表情にまったく生気《せいき》がありませんでした。まるで粘土細工《ねんどざいく》のように固まっていました。

でも、私が隣に立つと、ようやくその顔に表情が戻った気がしました。

「あれ？　煙草吸ったっけ？」

「いいえ。運動のために階段を使おうと思って」

何を言おうか何も考えていなかったのですが、咄嗟にそういう言葉が出てきました。

成宮さんが、そうか、と頷き、それからまるで初めて気づいたように自分の左手にある煙草を眺めていました。

「あの、大丈夫ですか？」

訊くと、成宮さんは私を見て、それからまた煙草を見つめ、うん、と頷いて煙草を防火バケツに落としました。

「うん」

言葉でそう言って頷いて、ゆっくりと息を吐きました。

「お昼？」

「はい」

「俺も行くかな。いい？」

一緒に食べていいかという意味だと思って、笑顔を見せて頷きました。

実はこの後、このことをきっかけに成宮さんと付き合うことになりました。そして、今の夫が成宮です。東京を離れて熊本にいるのも、成宮の故郷がそうだったからです。結婚して子供ができてから、二人がいた会社を辞めて熊本に戻ったからです。

付き合い出して、一年ほども経った頃。二人ともに結婚というのを意識して、お互いにそういうものを確認し合ったとき。

成宮さんは、実は、と話し出しました。

「あのとき」

「あのとき?」

「非常階段で声を掛けられたとき、俺は飛び降りようと、いや、そのまま落ちようとしていた」

自殺しようとしていたというのです。

そんな雰囲気を私は感じてはいましたが、それまで一切口にはしないで、話題にもしないでいました。

「どうして」

「わからない」

確かに、社長チェックを通らずにへこんでいたと言います。でも、そんなことはいつものことです。煙草を吸って気を取り直そうと非常階段へ行ったのですが、気がつけば手摺りから身を乗り出していたそうです。

落ちるな、と。

このまま落ちればいいか、とも思ったそうです。

どうしてそんな気持ちになったのか、後からいくら考えてもわからなかったそうです。もしも、あの瞬間に私が来なかったら、きっとあのまま落ちていたんじゃないかと。

「魔に魅入《みい》られた、としか言い様がなかったかな」

私も、そんな気がしました。

あのときに私が感じた嫌な予感。

悪寒《おかん》のような感覚。背筋がぞわりとして全身の毛が逆立つようなもの。まさしく魔がそこに現れたんじゃないかというようなものでした。

それが何だったのか、いまだにわかりません。あんな感覚を味わったのは、今のところあれが最初で最後でした。

夫になった成宮も、自殺しようと思ったことなどそれからは一度もないはずです。

ここで聴く皆さんの〈ある一日〉はいつもいいお話なのですが、私のこの〈ある一日〉はちょっと怖かったかもしれません。

でも、結局は夫になる人と付き合い出すきっかけになったのですから、いいお話で終わってもいいですよね。

▲

西川沙由梨さんの〈ある一日〉ありがとうございました。

確かにちょっと怖い雰囲気もありましたが、充分にいいお話だったと思います。いつものように、西川さんも、そして成宮さんももちろん似たような雰囲気の仮名です。なのですが、私がまとめるときに考えた仮名ではなく、西川さんがきちんとお便りの中で自分で考えて作ってくれていました。

そして西川さんというのも旧姓の仮名で、今現在は仮名成宮さんなのですが、ネタバレというか、物語の進行上旧姓のままで進めた方がいいですよね、と、そう書いていてくれました。この番組を聴いてくれている皆さんはその辺は手慣れたものになっているようで、ものすごくありがたいです。

夫になる成宮さん、本当にそのときはまさしく魔に魅入られていたのでしょうね。もちろんそれがなにものであるのかはまったくわからないのですが。

西川さんがそれを感じたというのも、お付き合いを始める前から二人にはそういう縁があり、ひょっとしたらその縁結びをした神様が、成宮さんを助けるためにそうしてくれたのかもしれませんね。

魔というものは、悪魔の魔、ですね。それは同じ発音の間、間という意味の間ですね。それと同じようなものかもしれない、と誰かが言っていたのを思い出しました。

人間は、ひょっとしたら日本人特有のものなのかもしれませんが、隙間が空いていると何となく嫌ですよね。たとえば襖《ふすま》や障子《しょうじ》がちょっと開いていたりすると、そこから何かが入ったり出たりするような気がして、ちゃんと閉めますよね。

間から、魔が入ってくる。

チェックを通らず落ち込んでいた成宮さんの心に、ちょっとした隙間が空いたのかもしれません。その隙間から何かが入り込んで、自殺しようという気持ちになってしまったのでしょうかね。そんなことを考えました。

『A DAY IN YOUR LIFE』

▼

【東京都　仲村一朗　三十二歳　小説家】

私が七歳のときですから、今から二十五年ほども前の話になります。当時私は神奈川県の葉山というところに住んでいました。父母と、子供は私一人です。

明確な、はっきりとした記憶ではないのですが、おそらくは夏休みだったのだと思います。

私は自分の家から離れて、山荘のようなところにいました。

父の兄である、伯父と一緒にです。

それまで、伯父とはおそらく会ったことはなかったはずです。父や母から、伯父の話を聞いたこともなかったと思います。

それなのに、どうして夏休みに伯父と二人で、その山荘に行ったのかも覚えていません。

ただ、無理やりとか嫌々とか、あるいは深い事情があったとかそういうものではなく、後から父も来るのだというぼんやりとした思いがあった記憶がありましたから、何かそういう約束が父と伯父の間であったのでしょう。

とにかく、私は山荘に伯父と二人きりでした。

何をしていたのか。

それもよくは覚えていなかったのですが、おそらく伯父が作ってくれていたのであろう、三度三度の食事が美味しかったことは覚えています。

そこでテレビばっかり観ていたとか、マンガを読んで、ゲームをしていたなどという記憶はありません。ひょっとしたら山荘ですから、山で昆虫採集をしたり、川遊びをしたりしていたのかもしれません。

よく覚えているのは、伯父がたくさんお話をしてくれたことです。

私は、物語が大好きな子供でした。読書好きでした。七歳というのは小学校の二年生ですが、既に小学校の図書室に通い詰めて、たくさんの本を借りて読んでいました。テレビやビデオで、ドラマもたくさん観ていました。

それを知っていたのかどうか、伯父も物語を聞かせてくれたのです。そして、それがほとんど楽しいものだったことも。

今考えれば、伯父はとても話し上手だったのでしょう。ときにはわくわくして、ときにはドキドキして、伯父の話すいろいろな物語を聞いていたことは覚えています。

聞かせてくれた物語が、伯父のオリジナルなものなのか、あるいは何かを参考にしたものなのかはわかりません。けれどもどの話も聞いたこともないような話ばかりだったのです。外国を舞台にしたものが多かったようにも思いますので、ひょっとしたら伯父は海外の暮らしが長かったのかもしれません。

もうひとつ。

最近になって思い出したのですが、伯父は私の絵を描《か》いてくれていました。イーゼルにカンバスを立て掛けて描《えが》く本格的な絵画、肖像画ですね。

子供の頃にはわからなかったのですが、今その絵を見ると絵画というものを本格的に学んだ、あるいは本業にしていた人の絵でした。

ですから、伯父は画家であり、その山荘に私と一緒にいたのは、甥である私の絵を描くためだったのかもしれません。

伯父との数日間の記憶は、嫌だったとかそういうものではなく、ただ淡い楽しさだけが残っています。

その後、伯父に会った記憶はありません。何をしているのか、今どこにいるのか、死んでいるのか生きているのかもわかりません。

伯父さん、あの日のことを覚えていますか。

今、どこにいらっしゃるのでしょうか。

▲

すぐにわかった方もいらっしゃるでしょう。今の〈ある一日〉の仲村一朗とは私のことです。

この話をお届けすることはとても迷ったのですが、今このときでないと二度と誰かに話すこともないかもしれないと思い、お送りしました。

もちろん、すべて事実です。

私の伯父、父の兄の名は、仲村智明と言います。存命なら、おそらくは六十二、三歳でしょう。

そのときに初めて会って以来、一度も会ったことがないのです。話の中でお送りしたように、どういう人生を送って、今何をしていて、そして存命なのかどうかもわかりません。

実は伯父の弟である私の父は、ちょうどその頃に死去しています。ですから、伯父のことを訊ける親族は、ただの一人も今はいないのです。

もしも、この番組をお聴きの方の中に伯父である仲村智明を知っている方がいらっしゃいましたら、お便りをいただけると嬉しいです。

まったく個人的なことを、こんなふうに番組内で扱ってしまって申し訳ありませんが、私の人生でいちばん印象に残っている、そして記憶から消えることのない〈ある一日〉をお届けしたということでお許しください。

『A DAY IN YOUR LIFE』

『あなたの人生の、ある一日を募集しています。何でもない一日、奇跡を感じた一瞬、幸せだった日々、不思議なことがあった日。どんな一日でも結構です。メール、ファックス、手紙、葉書などできる方法でお寄せください。いただいた〈あなたの一日〉は私が読みやすい物語に仕立てて、この番組でお送りします』

＊

いつものように、槙村さんは最後のジングルが終わるまでヘッドホンを外さない。そしてじっと下を向いて聴いてＣＭに入ったところで顔を上げて、微笑んでからヘッドホンを外す。

今夜はその後で、ふぅ、と大きな溜息をついた。

「やっぱり、困るというか、緊張するものなんだな」

そう言った。

「や、そう思いますよ」

本当に、まったく個人的な、しかも父親の死というものが絡んでいるようなとんでもなく大きな出来事を、ラジオに乗せて話してしまったんだ。

もちろんそこのところの、事故とかそういう事情は伏《ふ》せてだったけれども。

「お疲れ様でした！」

「お疲れ様」

寧々さんがコーヒーを三つトレイに載せて持ってくる。

「今日はしばらく残るわよ。どうせこの後スタジオは使わないし」

「来ますかね？」

「わからないけど、残るしかないでしょう」

番組宛てのメールやその他のＳＮＳは、全部目の前にあるこのノートパソコンで確認できる。もしも、槙村さんの伯父さん、仲村智明さんのことを知っていてそういうものが使える環境にある人が聴いていたのなら、きっとすぐにでも連絡をくれるはずだ。と思うんだけど。

槙村さんが、コーヒーを飲む。

「煙草吸いたいでしょ」

訊いたら、苦笑《にがわら》いした。

「もう慣れてるよ。吸えないことには」

「それなら、そのまま禁煙できるんじゃないの？」

「いやそういうものじゃないし、そもそも禁煙する気はまったくない」

ですよね。特に槙村さんはほとんど自宅にいて、誰にも気兼ねしないで煙草を吸えるんだから。

ディスプレイ上でＳＮＳを確認する。うん、まだ何も反応なし。

いや。

「けっこう伯父さんの話に反応はしてますね。ドラマチックだとかなんとか」

「でしょうね」

でも、中身のある話はまだ誰もしていない。

「自分にも行方不明の叔父さんがいるとか言ってる人がいますね」

「意外と多いと思うよ。親しい身内の消息がわからないという人は。僕の周りにも何人かいる。もっとも事件性云々《うんぬん》のものではないと思うけど」

「そうよね。私の叔母の夫も、つまり義理の叔父も離婚した後は消息不明よ。もう身内じゃないし単純に調べる気もないって話だけど」

「あー、そんなのは多いかもですね」

確かに離婚しちゃったらそれはもう身内じゃないだろうし。

「あ、メール来ました」

「確認して」

メールが来ても、いい知らせというか仲村智明さんのこととは限らない。単に番組の感想とかそういうのもけっこうすぐに来るんだから。

「あー、最初の非常階段の話についてのメールですねー」

うーん、って二人ともがっかりした様子を見せる。いや、ちゃんとした感想メールなんですからがっかりしちゃダメですよ。気持ちはわかるけど。

「また来た」

今度はどうだ。

「槙村さん！　仲村智明は同級生だって人からメール！」

「読んで」

「えーと、『高校のときの同級生に仲村智昭がいました。ただ、私は横浜市の出身です。葉山に近いとはいえ、場所は別でした』。あーでもこれ、同姓同名かも。字が違いますね。智明のあきが昭和の昭です」

「そっちか。そして横浜か」

「鎌倉よね、お父さんや伯父さんが暮らしていたのは」

「たぶん、としか言えないけど」

そうだった。鎌倉で旅館を営んでいたけど、それを潰したんだった。

「葉山の、僕が過ごした実家は父と母が結婚したときに建てたものだからね。それは知ってる。でも父が若い頃にどこで暮らしていたかなんて、聞いたことがないから」

七歳のときに死んじゃったんだもんな。そんなの聞いてるはずがないし、お母さんはああいう状態だし。

「でも、伯父さんは横浜にいた、という可能性もあるわよね。何らかの事情で。字が違うのも記憶違いとか打ち間違いのこともあるし」

「あるけれども、どうかな」

「その他の情報は何もないですねー。特に仲が良かったわけでもないので、卒業以来会ったこともどこにいるのかもわからないって。でも、同級生に訊きまくって調べることはできるかもって書いてあるけど」

うん、って槙村さんが頷く。

「丁寧なお礼のメールを後で僕がするよ。ご協力いただきたいときにはまたこっちから連絡するって」

「それがいいわね。もっと確実なものじゃないと動けないわ」

ＳＮＳには、もうあまり動きがない。そもそも何千人何万人が聴いてるわけじゃないし、普段だってそんな活発にＳＮＳで話題に上ることもない。

「同姓同名の人を知ってるってのはありますけど、これも字が違うし年齢がそもそも全然違うって自分でも書いてますね」

だったらＳＮＳに上げなきゃいいって思うんだけど、上げちゃうよね、そういうのはついつい。

「お母様のご様子はどう？　その後は」

寧々さんが訊くと、槙村さんは少し顔を顰《しか》めた。

「何も変わりがないみたいだ。紀子さんとは頻繁に、それこそLINEでだけど連絡は取り合ってるから。仕事する分には何も問題ないけれども、記憶は若い頃の自分のままみたいだって。僕を産む前のね」

「一朗くんの記憶もないのね」

「たまにわざと僕の名前を出してるけれど、何の反応もないって。でもね、仕事が終わると、ふいに年を取った自分に気づいたり、あるいは突然小学生の頃に戻ったりしているんだ」

「それはつまり、まだまだ治る可能性もあるってことですよね。記憶が揺れ動いているんだから」

「そう。それは医者も言っていた。記憶が固定されてしまうより、ふらふらしている方がまだいいですってね。それに、仕事をしている最中はしっかり固定されるってことは、そういう判断を自分でしている可能性もあるからだって」

「意識というか、常識とかそういうものはちゃんとあるってことよね。仕事をしている間はこのままでいなきゃならない、なんてふうに」

「だと思う」

辛いなー。

「あれですよね。ショック療法みたいに槙村さんが頻繁に顔を出すとかは怖くてできないんですよね」

「ちょっと怖いね。それで逆に悪化してしまったりすることを考えたら、とてもできない」

お、メールだ。

「またメールですよ」

今度は何か有意義な情報か。

開いた。

「お、外国の方？」

「外国人？」

「日本に住んでいる人ですね。『仲村智明というのは、スペインの画家クルス・モラタのことではないでしょうか』って!?」

「スペイン!?」

クルス・モラタ？

画家！

《J-AIRFM998》
『A DAY IN YOUR LIFE』
『ア・デイ・イン・ユア・ライフ。今日が終わると同時に新たな一日が始まる狭間の一時間。そこにいるあなたの人生の、ある一日をお届けします。その日を綴るのはあなた、編んで読むのは私、小説家の槙村朗です』

こんばんは。

今夜の東京の空はよく晴れているようで、満月一歩手前の月が皓々と街を照らしています。あなたの街ではどうでしょうか。

明日は満月なのですが、今日のような月を待宵《まつよい》の月と言うそうです。満月になる明日の夜を楽しみに待っているという意味なのでしょう。

また、同じ意味合いで幾望《きぼう》とも言うそうです。幾は幾度の幾、望は望みですね。満月のことを望月《もちづき》とも言うそうで、その望月が近いという意味だそうです。

日本語は、美しいですね。他の言語は英語しかわかりませんし比べるようなものでもないとは思いますが、日本語を使う職業の人間として、本当に素晴らしい感覚で作られてきたのだと思います。

今夜も〈あなたの人生の、ある一日〉をお届けしますが、その前にお便りをご紹介しましょう。

　ラジオネーム〈おじいさん〉さん。福井県にお住まいの大学生の女性の方です。何故女性なのにラジオネームが〈おじいさん〉なのでしょうね？　それについては何も書かれていないので気になります。よければそれについてのお便りをいただければ嬉しいです。

〈槙村さん、こんばんは。〉

　はい、こんばんは。

〈私の毎日はとても平凡で、《ある一日》のお便りをしたいと思っても何も思いつきません。いいことなのですが、本当にこれまでの二十年近くの日々は平和なのです。〉

　いや、それはもう本当にいいことですよ。ただ、〈ある一日〉というのは何もドラマチックでなければならないというものでもありませんからね。平和で平凡な毎日の中にも、印象に残る出来事とか本当に楽しかったこととか、そういうのも〈ある一日〉でいいのですよ。

〈でも、ひとつだけ、ずっと不思議に思っていることがあります。妹のことなのです。三つ違いの高校生の妹なのですが、小学校の五年生のとき、ある日突然右手の平を広げて『指が六本あるような気がする』と言い出したのです。もちろん、妹の右手の指は五本しかありません。それでも、小指の横に幻の指がもう一本あるような気がすると言うのです。多指症《たししょう》というのがありますよね。そして、幻肢痛《げんしつう》というのも。〉

　ありますね。多指症というのは指の数が多く生まれてしまうもので、幻肢痛というのは手足などの切断後に失ったはずの手足があるかのように痛むものですね。

〈ずっと言ってるので、父母に確かめました。ひょっとして多指症で生まれて手術で取ったのかな、と。でも、そんなことはまったくないとのことです。念のために病院で検査したけれども、神経障害なんかもまったくなくて正常でした。でも、今でもふとしたときにもう一本の指がそこにあるように感じているらしいです。それで何か問題があるかというと何もないのでいいんですけれど、不思議な話です。〉

確かに不思議ですね。でも、人間は気配というものを感じますよね。ふと気配を感じてそっちを見ると誰かがこっちを見ていたとか、猫が歩いていたとかそういうもの。

妹さん、ひょっとしたらあったはずのもう一本の指が、生まれたときにはなくなっていて、その気配を感じているのかもしれませんね。


『A DAY IN YOUR LIFE』

▼

【東京都　御崎唯《みさきゆい》　高校生】
走馬灯《そうまとう》、ってありますよね。

人間が死ぬ前にそれまでの自分の一生がいろいろ頭の中を駆け巡《めぐ》って見えちゃうとか、そういうのですよね。

わたし、ひょっとしたらそれか、同じようなものを見た日があるんです。

でも、死んだわけじゃないです。生きています。生きてるけれども、見たような気がするんです。

二年前の、中学生のときです。中学三年生の十四歳でした。三年生になった始業式の日です。わたしの中学校はけっこう歴史があるみたいで、でもわたしが入学したときには新校舎が建っていたんです。もとの旧校舎を全部取り壊して、まったく新しいものが。だから、わたしたちは旧校舎のことはまったくわからなくて、ピッカピカの新校舎で過ごしていました。

体育館での全校集会が終わって、皆がぞろぞろそれぞれの教室に戻って行きました。わたしと、親友のほのちゃんも二人して並んで教室に戻りました。席も隣だったんです。

あ、これもちょっと不思議な縁というかあれなんですけど、ほのちゃん、茂木《もぎ》ほのかちゃんとは、小学校のときからずっと隣同士なんです。

家も隣同士。そして小学校から中学校はもちろんずっと同じで、クラスもずっと一緒。そして席替えをしてもほぼ隣だったんです。隣じゃなかったのは、一年生で二回目の席替えのときに離れただけで、それ以外はずっと隣です。

凄い縁ですよね？　確率で言ったらものすごいことになるんじゃないかと思っています。でも残念ながら、高校ではクラスが別になってしまったんです（あ、高校も同じ高校にしました）。けれども、実は席の場所だけは、隣でした。わかりますよね？　クラスは別だけど、席はいちばん後ろのいちばん窓側とその隣（わたしが隣）なんです。これも凄いですよね。

それとは別に、走馬灯みたいなものの話です。

教室に戻った途端に、二人してカバンを忘れてきたのに気づいたんです。

どういうことかと言うと、その日は二人で遅刻ギリギリになってしまって、教室に向かっている途中でもう皆が体育館に移動していて、ええいと二人でまっすぐ体育館に向かって、カバンは体育館の入口の正面にある生徒会室に放り込んだんです。

わたしたち二人とも生徒会役員だったので。

マズイ！　って二人で教室を飛び出して、全速力で廊下を走って体育館へ向かいました。

本当に全速力で。

そうしたら、体育館にもう少しのところでほのちゃんがちょっとつまずいてよろけてしまって、わたしにちょっとぶつかってしまって。

たぶん、完璧なタイミングだったんだと思います。

わたしは、吹っ飛んだんです。

本当に身体が浮いて、宙を飛んで、体育館へ曲がるところの壁に激突したんです。ギャグマンガならそれで身体がぺったんこになってひらひら〜って飛んでいくぐらいの勢いで。

その次の瞬間、わたしは全然違うところにいたんです。確かに体育館の入口のコンクリートの壁にぶつかったはずなのに、わたしは木の床に転がっていたんです。

「え？」

そんな声が出て、周りを見ると、全然違う光景でした。確かに体育館なのかもしれないけれども、違う場所。だって、周りは全部木で出来た建物だったんです。

そう、古い校舎です。たぶん、わたしたちが入学する前に、いや、そのずっと前にここにあった旧校舎のその前の校舎。

だって、映画やドラマの昭和の頃の学校みたいな建物だったんです。

「タイムトラベルした？」

そう思いました。起き上がろうとしたんですけれど、身体が動きません。そうか、壁に激突したんだから無理か。そう思いました。

でも、間違いなくここは古い校舎だよなぁ。そんなふうに思っていると、どこかから声が聞こえてきました。

皆の声です。誰だかわからないけれども、わたしと同じ中学生たちのざわざわした声。まずい、皆が集まってくる。床に転がっているのは恥ずかしいな。そう思っていたら、その声はほのちゃんの声に変わっていきました。

「唯ちゃん！」

眼の前に、ほのちゃんの泣きそうな顔がありました。

「あれ、ほのちゃん」

戻っていました。元のわたしたちの学校に。起き上がったら、めっちゃ手のひらがじんじんしていました。あと、腿《もも》とかお腹《なか》の辺りとか。

でも、じんじんしているだけでした。思いっきり手のひらでパシン！　って打ち付けたぐらいのじんじんさ。どこか血が出てるとか折れてるっぽいとかもまったくありませんでした。

つまりわたしは、壁に激突して一瞬だけ気を失っていたみたいなんです。ほのちゃんに訊いたら、たぶん、十秒ぐらい。

その間に、走馬灯みたいに、古い校舎の夢みたいなものを見たっぽいんです。

きっと、わたしは凄いタイミングで跳ばされたけれども、これも凄いタイミングで手やお腹や腿で自分の身体が激突した瞬間に弾き返すようにガードしたんですね。そうじゃないときっともものすごい打撲《だぼく》とか、下手して頭とか打っていたら死んでいたかもしれません。

それぐらい、奇跡的なタイミングが重なって、奇跡みたいな夢を見たのかもしれません。だって、後から昔の中学校の記録写真を見せてもらったら、間違いなくわたしが倒れていた校舎と同じものだったんです。

木の床も、壁も、体育館の入口の光景も同じでした。ほのちゃんはその瞬間のことを、わたしが壁に激突して倒れたときのことをほとんど覚えていないと言っていたけれど、後から思い出すと、なんとなく周りにもやみたいなものがかかっていたような気もする、って言ってました。でも、それはびっくりして涙が出てきたせいかもしれないとも。

あ、後からちゃんと病院に行って調べましたけど、本当に軽い打ち身だけでどこもなんともありませんでした。

とにかく、中学生のときの不思議な出来事があった一日でした。

▲

御崎唯さんの〈ある一日〉ありがとうございました。いつものように御崎唯さんも、そしてお友達の茂木ほのかさんも、同じような雰囲気の仮名です。ご本名もお二人ともとても可愛らしい名前でした。二人が名前を呼び合って、仲良くしている様子が浮かんでくるようでした。

旧校舎が、この場合は旧旧校舎ですかね。それを見ている夢を、唯さんは見たのかもしれませんね。

その土地にあったものの何かはそのままそこに残っている、というような事象は、けっこうあちこちで聞いたり見たりします。幻のようなものですか。あるはずがないのですが、そこにある。

あるいは、人間は自分たちではわかっていない感覚のようなものを持ち合わせているのかもしれませんよね。そういうものが、何かを感じ取らせている。そういう考え方はけっこう好きです。

『A DAY IN YOUR LIFE』

▼

【北海道　小橋真司《こばししんじ》　会社員】

単なる偶然の話なんですが、本当にとんでもない、おもしろい偶然だったのでお便りします。

五十代の中年です。妻も子もいますが子供は既に独立して、夫婦二人きりの暮らしをしています。取り立てて何の特徴もない、ごくごく平凡な会社員です。

ある日曜日です。その日は何の予定もないので、映画を観に行こうと決めていました。私たちの年代が小さい頃にテレビでやっていたヒーローの、まったくの新作映画です。そう言うと大体見当《けんとう》がつきますよね。

妻に一緒に観るかと訊くと、丁寧に「私はいいです」と言われました。どうぞ一人で観てきてくださいと。それはそうですよね。あのヒーローに夢中になったのは大抵は男の子だけですから。中には夢中になっていた女の子もいたでしょうけれども、妻はまったく興味がありませんでした。

車で出かけました。映画館は近くのショッピングモールの四階にありました。立体駐車場を上っていって屋上に出て停めれば、そこに映画館の入口があります。

駐車場に入っていったときに、後ろから車が数台続いて入ってきたのはわかっていました。屋上に出ると、ちょうど映画館の入口近くに六台分ぐらいの空きがあったのでそこへ向かい、後ろから車が来ているのもわかっていたので、空いているところのいちばん端に車を入れました。

後から二台、車が来ていて、同じ目的だったのでしょう。そのまま二台とも私が停めたすぐ横に車を入れてきました。

運転者が中年の男だとはわかっていたので、さてさてきっと同じ年代の人なんだろう、同じ映画を観に来たのかな、とも思っていました。

車を出て、ロックしたときです。隣に停まった車からも運転者が出てきて同じようにロックしました。

「小橋？」

いきなり声を掛けられて驚きました。その驚いたように私の名を呼んだ運転者の顔を見ても、ピンと来ませんでした。

「小橋だろ？　信富《しんとみ》小学校の！　大塚《おおつか》だよ！」

「大塚！」

いきなり、小学生のときの大塚の顔が浮かんできました。同級生だったのです。しかも、ここから遠く離れた生まれた町の、同じ小学校の。

あの頃の子供の顔からは、大分《だいぶ》ふくよかにそしておっさんになっていましたが、面影《おもかげ》は確かにありました。

「いやぁ！　お前ここにいたのか!?」

「お前も？」

懐かしさと嬉しさで一杯になった瞬間に、今度はまた声が響きました。

「小橋と、大塚!?」

振り返ると、やはり同じところに停めた車から出てきた中年男です。私たちの声が聞こえていたのでしょう。

今度は、私がすぐにわかりました。

「松川《まつかわ》か!?」

やはり同じ小学校の松川でした。

驚きです。小学校五、六年を同じクラスで過ごし、その頃にはいつも遊んでいた仲の良かった三人なのです。

「お前もこの町にいたのか？」

「お前たちも？」

三人とも、そんなことはまったく知りませんでした。

中学こそ同じでしたが同じクラスになることはなかったので、そのまま卒業して高校も別々。

つまり、何十年も顔を合わせていなかったのです。小学校の同窓会は確かかなり昔に一度ありましたが、私は出ることはなかったのです。

それなのに、ここの駐車場で。

「ひょっとして、映画を観に来たのか？」

「お前もか」

三人とも、あのヒーローの映画を観に来たのです。妻も子も置いて、休日にひとりだけで。

笑ってしまいました。何という偶然なのか、と。そしてこの偶然を導いてくれたあのヒーローに感謝しました。

もちろん、三人で一緒に映画館に入り、並んで席を取り、映画を堪能《たんのう》しました。

▲

小橋真司さんのある一日。ありがとうございました。

同級生三人とも、実は本名です。本名でも別にまったく支障はないということなのでそのままお送りしました。確かに、こんな楽しい出来事は誰に知られても支障はないですよね。

あのヒーローですね。わかります。私はもっと新しい方のヒーローを観ていましたけれども、古い初代も知っています。

そんな偶然で三人もの人数が揃ってしまうというのは、本当に凄い偶然ですよね。まさしく、1号2号、そしてV3でしょうか。

手紙にはもちろん連絡先を交換し、その後に同じ町に住む家族同士皆で会って、旧交を温めているとありました。

『A DAY IN YOUR LIFE』

『あなたの人生の、ある一日を募集しています。何でもない一日、奇跡を感じた一瞬、幸せだった日々、不思議なことがあった日。どんな一日でも結構です。メール、ファックス、手紙、葉書などできる方法でお寄せください。いただいた〈あなたの一日〉は私が読みやすい物語に仕立てて、この番組でお送りします』

＊

高梨《たかなし》ソフィアといいます。

スペインのマドリードで育ちました。

なんか、嬉しいです。いつも声を聴いている人が眼の前にいるなんて。もちろん、槙村さんの作品も読んでいますよ。

全然読めます。

私だけかもしれないですけれど、マンガより小説の方が読みやすいです。あ、縦書きなら。

そうなんです。横書きの日本語は縦書きより私は読みづらいんです。

最初に日本語を読んだのが縦書きだったからでしょうね。それが染みついちゃってるんだと思います。

はい、そうです。日本に来て、日本人の夫と結婚して二十五年になります。あ、二十六年ですね。

向こうでは美術を学んでいて、日本に初めて来たのも美術学校の学生の頃でした。そのときに、美大生だった今の夫と知り合い、その五年後にこっちに来て結婚したのです。子供も三人います。

それはもう、二十六年も住んでいれば不自由なく日本語を喋れます。むしろスペイン語の方が、ほとんど向こうには帰っていませんし、こちらに同郷の友人もいないので使う機会がなくて忘れかけていますね。

子供は三人とも日本生まれの日本育ちなので、スペイン語は喋れません。あ、聞く方はちょっとは理解できますね。私が喋って教えていますから。

顔立ちに外国人っぽさを感じますかね。でも髪の毛も目の色も黒なので見た目は完璧に日本人ですよね。ハーフっぽくもありません。

絵は、趣味ですが今でも描いていますよ。こうやって夫の実家が画廊喫茶をやっていたので、私の絵も飾ってくれています。

そうです。もう開店して五十年にもなります。元々義父も絵を描いていて、そして家が農家だったのでこういうすごく大きな家だったんですよね。義父の代になって農業は止めてしまったので、この大きな家を改装して、画廊喫茶を始めたそうです。夫はそれをそのまま引き継ぎました。

夫の絵もありますよ。気に入ったのがあれば買ってください。お安くしておきます。

クルス・モラタというのは世界基準ではまったく無名ですが、私が向こうにいた頃から活動していた画家の名前です。でも、スペインを中心にした向こうではそれなりに売れている画家でしたよ。

とても、いい絵を描く人で、向こうの美術展などでも入賞とかしていました。私は大好きだったんです。最初はスペイン人だと思っていたので、どこか異国というか、こっちの人にはない感性で描いているような人だな、と思っていたのです。

これが、私が持っているクルス・モラタの絵です。

いいでしょう?

これはアンダルシア地方の風景画ですね。

色使いが、違うんですよね。たぶん、この人というより、日本人皆が持っている感覚なのだと思います。日本に住んでいてよくそれを感じます。色味というのは、ひょっとしたら生まれ育った地に根ざした感覚なのではないでしょうかね。私にはとても引き出せない感覚だと思っています。

日本人だと知ったのは、この絵を買ったときです。こっちに来る直前ぐらいに、向こうの画廊で買ったんですよ。それほど高くはありませんけれども、そうですね、今の日本の感覚だと三万円ぐらいでしょうか。サイズも小さいですからね。

はい、間違いなく〈仲村智明〉という名前でした。詳しい経歴はまったくわかりません。買ったそのときにはまだ日本語がよくわかっていなくて、カードに書かれたこの名前もただの記号にしか見えませんでした。

そのカードはもうなくしてしまいましたが、夫に見せたときに〈なかむらともあき〉と読んで、ちゃんと書き直してくれました。こうして、絵の裏に貼ってあります。はい、これは夫の字です。

詳しい経歴はまったくわかりませんが、何年前だったか、それこそ私が日本に来てすぐの頃でしたかね。

クルス・モラタという画家が指名手配されたという話を、向こうに住んでいる友人から聞いたんです。その友人も美術関係だったので、私が好きだったのを知っていたから教えてくれたんです。

そうです、指名手配。何か、傷害事件か殺人事件か、そんなような感じだったと思います。詳しいことはまったくわかりません。でも、その後に逮捕されたとかそういう話も聞いていないので、ひょっとしたら何事もなく解決したのかどうか。

向こうにはまだ友人がたくさんいるので、確かめてみましょうか？

その事件みたいなものがその後どうなったのか。

クルス・モラタがどんな人だったのかとか。写真とかもあればいいですよね。たぶん、向こうの美術関係の人なら何か情報は持っていると思いますけれど。

クルスのお姉さんですか？

仲村紫野さん。

スペインのグラナダで、病で亡くなったんですね？　それは事実としてわかっているんですね。

そうか、お姉さんがいたから、クルス・モラタもスペインで活動していたってことなんでしょうか。グラナダならまさしくアンダルシア地方ですね。

あ、わかりました！　クルス・モラタの絵にはまったく関係ないのにザクロが描かれていることが多いんですよ！

グラナダは、スペイン語でザクロのことなんです。

そうか、じゃあ住んでいたのはお姉さんと一緒のグラナダだったのかもしれませんね。

そのスペインからの葉書っていうのは、残っていたりするんですか？

それがあれば、私が読んで細かいことがわかるかもしれませんね。そこから、〈仲村智明〉の何かがわかるかもしれませんね。

向こうにいる人に頼んだ方が早いです。

いますよ、日本語もある程度だったらわかる友人が向こうに。もっとも私が教えたようなものなんですけれど、簡単な文字なら読むこともできるし、今はスマホで写真撮ってもらって送ってもらえば済みますし。

あ、そうですね。

そういう形できちんと調査を依頼するのなら、向こうも私も気兼ねなくできますね。お願いできますか。

探偵を仕事にしている人はいませんから、わかりませんが。

あぁ！　そうですね。あなたは小説家ですものね。原稿料とかが、いい基準かもしれませんね。

私のその知り合いも画家ですから、頼まれて肖像画を描くぐらいの金額になるでしょうからちょうどいいかもしれません。

そうですね、動いた分の交通費は別とか、きちんとしましょう。詳しいですね。やっぱり小説家はそういうところも調べたりするんですね。

でも、きちんと結果が出てからにしましょう。

前金で半額、そしてしっかりとした調査結果が出たならもう半額を支払うという形でいいんじゃないでしょうか。

＊

川越《かわごえ》市から、電車を乗り継いで神楽坂に帰ってきた。まっすぐ会社に帰ってもよかったんだけど、槙村さんが寄ってくかい？　って言ったから。

小説家の部屋ってどんなふうなのか興味あったし、電車の中ではあれこれ話せなかったしね。どうせ今日は出張扱いになってるからそのまま直帰してもいい感じになってるし。

「めちゃ渋いマンションっすね！」

もう見ただけで築年数古っ！　ってわかるマンション。なんだあのベランダの造りは。こう、コンクリで造った壁のアールが波みたいになっていてボコボコに塗装《とそう》されていてうちの実家とおんなじ感じだ。

「確か築四十年だよ」

「四十年」

耐震《たいしん》強度とか大丈夫なのか。

一階の槙村さんの部屋は、小さな庭付き。狭い玄関に短い廊下なのにもうそこの壁に本棚が造ってあって文庫本がびっしり並んでいる。

「わー、すごいな」

家中ってか壁が全部本棚だよ。

「これ、造ったんですよね自分で」

「造ったというほどじゃないよ。突っ張り棒みたいなものに板をかましているだけのものだから。でも、震度三ぐらいは平気だったよ」

「そっすか」

震度五だったらきっと全部落ちてきますよ。

それにしてもきちんとしている。物がない部屋じゃなくていろいろたくさんいろんな物があるけれども、すごくすっきりしてる。整理整頓が得意な人なんだな槙村さん。

あ、いや違うな。物の置き方、見せ方が上手な人なんだ。ディスプレイデザイナーとかもできるんじゃないかこの人。

「絶対これだけじゃないですよね本」

「ほら、実家に」

「そうでした」

前に喋ってたな。整理して実家に送っているって。まぁ実家には誰もいないから、自分で運んで行ってるんだろうけど。

コーヒー淹《い》れてもらって、リビングのソファ。槙村さんはキッチンカウンターの椅子に座って。

「たぶん、間違いないですよね」

「うん。そんな気がする」

クルス・モラタは仲村智明。

槙村さんの伯父さん。伯母さんである仲村紫野さんが住んでいたっていうスペインのグラナダに関係してるんだから。

「二人してスペインにいたんですね」

「そうなんだろうね」

「指名手配ってのも、なんか意味あり気でしたもんね」

槇村さんも頷く。

「はっきりはしてないけれど、たぶん伯父と一緒に山荘にいたときと、指名手配されていたときが同じぐらいなんだろうな」

「だから、それで日本に帰ってきたっていうか、こっちに逃げてきたって感じですよねきっと」

そんな想像ができる。

本当に指名手配された犯人なのかどうかはまだわかんないけれども、時期的にはたぶん重なるんだ。

「でも、あれですよ。逃げてきたってことは無実の罪で捕まりそうだったから、ってことも考えられますよね」

「可能性としてはね」

指名手配されても、飛行機に乗って日本に逃げてこられるのかどうか全然わかんないけどね。

「とにかく、調べてもらってからの話だな」

「そうですね」

高梨ソフィアさんは信用できる人だと思った。いや間違いなくできる人だ。きちんと調べてくれるのに違いない。

「あの葉書はあるんですかね。実家に」

「たぶん、あると思うんだ。母が捨てていなければの話だけれども」

それを取りに行って、そして高梨ソフィアさんに渡して。

そして、スペインにいる友人の方に、調べてもらう。

クルス・モラタは仲村智明なのか。いったいどういうことでスペインにいたのか、そして日本に帰ってきてからどうしたのか。

何よりも、どうして指名手配とかされても日本に帰ってきて、槙村さんと一緒に山荘で過ごしていたのか。

絵を描いていたのか。

なんか、いろいろ考えてると、怖い考えも浮かんでくるんだけどさ。

この辺で調べるのを止めておいた方がいいんじゃないか、っていう気がしないでもないんだけど。

そういうわけにもいかないよな。

《J-AIRFM998》
『A DAY IN YOUR LIFE』
『ア・デイ・イン・ユア・ライフ。今日が終わると同時に新たな一日が始まる狭間の一時間。そこにいるあなたの人生の、ある一日をお届けします。その日を綴るのはあなた、編んで読むのは私、小説家の槙村朗です』

こんばんは。

東京の空には雲が掛かってきて、この番組が始まる前、夜空に浮かぶ月をゆっくりと隠すように雲が流れていきました。まだまだ暑い日が続いていますが、暦《こよみ》での季節は移り変わっていきます。

中秋《ちゅうしゅう》の名月、という言葉があります。簡単に言うとお月見の日。旧暦の八月十五日の夜に見える月をそう言うそうですね。旧暦ですから、今の暦にすると大体九月中旬から後半になることが多いようです。

お月見といえば、お団子。地方によって様々なお月見のやり方があるようで、お団子の形や種類もけっこういろいろあるようです。私の記憶ではお月見のときに食べたお団子は丸いただのお餅みたいなものだったのですが、あんこをかける地方があったり、丸い団子ではないところもあるとか。

あなたの家のお月見のお団子はどんなものでしょうか。実は私、あんこをかけたお団子が大好きなのです。以前、串団子でいっぺんに十串食べたことがあります。さすがに食べ過ぎたと思いましたけど。

今夜も〈あなたの人生の、ある一日〉をお届けしますが、その前にお便りをご紹介しましょう。

ラジオネーム〈まるさんかくしかく〉さん。東京都にお住まいの女性の方です。

すみません、〈まるさんかくしかく〉さんは文字通り記号の〈○△□〉と書いてあったのでそのまま読んだのですが、ひょっとしたら何か特別な読み方があったのかもしれません。たとえば、頭の文字を取って〈ま・さ・し〉さんとか。もしも正しい読み方がありましたら後でまたお便りくださいね。

〈槙村さん、こんばんは。〉

はい、こんばんは。

〈槙村さんの書く物語の大ファンです。今までに出された本は全部買って読んでいます。槙村さんは本当に多作なのでついていくのが大変なのですが。〉

ありがとうございます。全部読んでくださっているというのは、本当に嬉しいし、凄いと思います。

〈ひとつ質問なのですが、今までに出された物語は全部一人称で書かれていますよね。三人称

の物語が一冊もないのですが、これは意図的なのでしょうか。不満というわけではなく、本当に単純な疑問です。〉

一人称と三人称をきちんと理解されているのですね。一人称というのは、その場にいる登場人物の視点で書き進めるもので、つまりその人物のモノローグですね。そして三人称というのはいわゆる神の視点で語るもの。登場人物をカメラで追いそのカメラが語るようなものですね。

その通りで、意図的に書いています。

小説を書き始めたときに、三人称でも書いてみたことがあるのですが、どうにも収まりが悪い。一人称で書いた方がすらすらと書き進めることができると気づいたのです。まぁ要するに得手《えて》不得手《ふえて》、というものだったと思います。

新人賞を受賞したデビュー作も一人称のものだったので、もうこれでいいんだとずっと一人称で書いているのです。進歩がないと言われてもしょうがありません。

これから先、ひょっとしたら三人称で書いた物語が出るかもしれませんが、そのときには「あぁ不得意なものにあえて挑戦してみたんだな」と思っていただければ。

『A DAY IN YOUR LIFE』

▼

【東京都　安堂聡志《あんどうさとし》　会社員】

これを書いている前日に三十九歳の誕生日を迎えた、一般企業に営業として勤務しているごく平凡な男です。

なにをもって平凡とするかはいろいろ議論があるでしょうけれど、本当に平凡です。

学生時代の成績は小中高大といずれも中ぐらいのところ。運動神経も、普通です。どんなスポーツをしても下手くそとは言われないけれども、上手いと言われたこともありません。

唯一褒められたことがあるのは、走るフォームがきれいだっていうことぐらいです。それでとても足が速かったら良かったのですが、そこも普通でした。

フォームがいいと先生に誘われて中学高校と一応陸上部でしたけれど、本当に記録は普通で、なんだったら仲の良い友人だった写真部の吉田《よしだ》くんの方が足が速かったぐらいです。

でも、ずっと運動をしてきて身体が鍛《きた》えられたのは、大人になった今になって良かったと思っています。社会人としての仕事だって、体力勝負みたいなところがありますからね。

容姿も、普通です。

マンガにモブってありますよね。ただの群衆みたいな。身長も百七十センチで高くもなく低くもなくで、体重も今は五十九キロぐらい。普通か、やや痩《や》せ形ですかね。目立つこともなく、覚えられることもなく、どこにでもいそうな人。そんな感じです。

勤めている会社も、中小企業です。それなりに歴史あるところですが、業務内容が派手というわけではありません。

それが不満だというわけではなく、本当に平凡に、普通に生きてきた男なんです。

出身は、高知《こうち》県です。高知県の中でもけっこうな田舎町なんです。

東京のある大学を受けて合格し、そこからずっと東京で暮らしています。ちょうど人生を半分ずつ、高知と東京で暮らしている感じですか。

ですから、同じ町出身の人に会うことはまずありません。東京に住んで二十年、同じ町はおろか、高知県出身の人と友人になったこともなかったです。

まぁ会う人会う人の出身など聞いていないので、ひょっとしたらいたのかもしれませんけれど。

独身です。

女性と付き合ったことがないというわけでなく、学生時代から彼女はいました。ただ、長く付き合えることがなく、どの彼女とも一年続かず別れてしまうという感じです。

社会人になってからも、同僚の女性とそれなりにお付き合いすることはありましたが、やはりダメになるというのを何度か繰り返してきました。

半年ほど前のことです。

午前中、営業の仕事である住宅街を一人で歩いていました。車は近くのパーキングに停めてあり、そこまで歩いて戻る途中でした。

保育園の子供たちがいました。

たぶん、どこの町でも見かける光景だと思います。保育園の先生が大きな台車のようなものに園児たちを乗せて押していて、その他の少し大きい園児たちは先生たちと一緒に手を繋いで歩いている光景。園児たちは合計で十人もいませんでした。先生たちは四人いました。

子供は、何故か好きなんです。なので、その光景につい微笑みながら見入ってしまいました。

車が走ってくるのがわかりました。

住宅街なのでゆっくり走っています。しかも、運転手も園児たちに気づいていたんでしょう。園児たちはもちろんちゃんと歩道を歩いていましたけれど、運転手もその横を通るときにはさらにスピードを緩めるのがわかりました。

けれども、それが一体どこから飛んで跳《は》ねてきたのか、それこそ幼い子供たちが使うようなピンク色の少し大きめのゴムボールが転がってきたんです。

おそらくはすぐ脇の公園からだと思うのですが、なんで急に転がってきたのかさっぱりわかりませんでした。忘れ物で、突風でも吹いてきたのかもしれません。

見ていた私しか気づかなかったと思います。

そのゴムボールが最悪のタイミングで車に向かって転がっていったのです。

一瞬で判断しました。

そのゴムボールはタイヤに踏まれて弾かれて園児たちに向かっていくかもしれない、と。

ちょうど死角になるところから弾《はず》まずに転がっていったので、運転手は気づかないだろうと。

柔らかいゴムボールですから、どれほど強くぶつかったところで大きな怪我などはしないでしょうけれど、本当に勢いよくぶつかったら子供は泣き叫んで大騒ぎになるでしょう。

もしも歩いている園児がゴムボールの勢いで転んでしまって怪我でもしたら、気づかなかったとはいえ、運転手も何かしらの責任を負わされるかもしれません。

そこまで本当に一瞬で考えて、その考えている間にも全速力で走って、園児たちに追いつきその横に立ったんです。

もしもゴムボールが弾んできたらこの身体を盾にしようと。

あるいは、ゴムボールをサッカーのキーパーよろしく弾き飛ばそうと。

急に中年男が全速力で走ってきて園児たちの横に立ったものだから、先生たちは本当に驚いていました。

でも、その瞬間に、車が横を通り過ぎると同時に、大きな音が響きました。

ボスッ！　というような聞き慣れない音。

ものの見事にタイヤはゴムボールを半分踏んだのです。

そして、ゴムボールが大きく弾んで空に舞いました。予想したようなライナー性のものではなく、まるでピッチャーフライのように高く高く空に。

そして、鞄《かばん》を投げ捨てて私がそれをキャッチしました。

何の苦もなく。

先生たちもそれを見て、何故私が走ってきてそこに立ったのかを瞬時に理解してくれたようでした。

私は苦笑いしました。結局私がゴムボールをキャッチしなくても、ゴムボールはただ大きく弾んでそこらに転がっただけだったでしょう。

「大丈夫だったみたいです」

何となく間が抜けた台詞でしたけど、そう言うしかなく、そしてこのゴムボールをどうしようかと、そこに立っていた先生に言いました。

「このボール、どうやらその辺に落ちていたようなんですけど、置いておくわけにもいかないので、預けていいですか?」

なんだったらそのまま保育園に持って行ってもらって遊ぶ道具にしてもらえばいいかなと思ったのです。

その先生ですが、あぁ、という表情を見せてボールを受け取ってくれるかと思ったのですが、その手が止まりました。

「安堂くん？」

「え？」

いきなり名前を呼ばれたのです。

「安堂くんだよね？　安堂聡志くん」

「そうですが」

リスのように愛らしい顔をした先生でした。確かに、その表情にどこか見覚えがあるような気がしました。

「私、三上《みかみ》だよ。M中の」

「三上さん！」

本当に驚きました。

故郷の高知県で、同じ中学で二年三年と同じクラスで、しかも三年生のときにはクラス委員を一緒にやった三上英恵《はなえ》さんだったのです。

高校は別々でしたし、クラス会などもやったことはなかったから、中学卒業以来二十数年ぶりです。

とんでもない偶然でした。

お互いに仕事中でしたから、長々と話をするわけにもいきません。他の先生たちからもお礼を言われ、恐縮しながら三上さんとは連絡先を交換しました。

今度会ってゆっくり話しましょうと。

そして今、三上さんとお付き合いしています。

三上さんも高校を出た後に東京の学校に進学して、今は保育士さんをしているのです。一度結婚しましたが、離婚してバツイチだと。まぁ他にもいろいろと身の上話はあるのですが、その辺はいいですね。

たぶん、結婚すると思います。そうなったら、故郷に二人で里帰りすることができて、それもとても嬉しいのじゃないかと思います。

惚気話《のろけばなし》のようになってしまいましたが、こんなマンガのような出来事による偶然の出会いはなかなかないんじゃないかと思ってお便りしました。

▲

安堂聡志さんの、そして三上英恵さんの〈ある一日〉ありがとうございました。

いつものように安堂聡志さんも、そして三上英恵さんも、同じような雰囲気の仮名です。

遠く離れた故郷の人と、この広い東京でバッタリ出会うということ自体がものすごい偶然ですよね。しかも、確かにドラマの、第一回で主人公たちが出会うようなエピソードの出来事でしたね。

それこそまだ私が小学生の頃ですが、軟式野球のボールが道路に飛んで行ってしまって、トラックに轢《ひ》かれてものすごい音がしたことがありました。トラックの運転手さんが慌ててトラックを停めて降りてきて、タイヤがパンクしたのではないかと確かめていたという出来事がありました。それと同じような出来事でしたね。

安堂さん、自分のことを平凡な男と自虐《じぎゃく》するように書いていましたが、とっさの判断の素晴らしさといい、子供たちを守ろうとする行動といい、なかなかできることではありません。

一言、カッコいい男です。自分を誇っていいと思います。

『A DAY IN YOUR LIFE』

▼

【神奈川県　西村篤《にしむらあつし》　二十八歳　会社員】

自分のことではないんですけど、とんでもない出来事があってとんでもない結末になったので〈ある一日〉として送ります。

妹がいます。

三つ下で、紗香《さやか》と言います。

小さい頃からボーイッシュと言えばいいんですかね。女らしくないと言ったら今はいろいろ問題ですか。とにかく、元気だけがとりえみたいな妹なんです。

今現在、二十五歳です。二十五にもなれば少しは女らしくなってカレシの話とかあれこれいろいろ出てきてもいいようなものなのに、まったくなかったんです。本当に、小学生の頃から高校までなんにもなし。

だったようです。兄とはいえ妹の全てを把握《はあく》しているわけではないので。

二人とも実家で暮らしています。僕は大学を出て就職したのですが、全部地元だったのでそのまま家にいます。妹も、専門学校を出て美容師になったのですが、それも地元だったので同じく家に。ただ、妹はちょっとした事故で利き腕である右手を怪我してしまい、せっかく就職できた店を辞めて、しばらく静養中でした。

まぁいろいろ落ち込んでいたので、兄としては妹の面倒を見てやっていたんですよ。休みの日にどこかに連れていってあげたりして。

その日も、僕が休日だったのでアウトレットモールに連れていこうとしていたんです。行きたいと言っていたので。

僕の車は、もうクラシックカーと言ってもいい、フォルクスワーゲンのビートルです。そう、あのカブトムシと呼ばれた丸っこい車です。好きなんですよああいう車が。中古で手に入れて大事に乗っています。

いろいろ問題になっても困るので詳細《しょうさい》は伏せますが、妹を助手席に乗せてアウトレットモールに向かってある道を走っていました。

後ろを、バイクが走っているのはミラーで気づいていました。バイクには詳しくないのでわかりませんが、それほど大きくはない、クラシックなタイプのバイクではないかと思っていました。

突然です。

前を走っていたワゴンタイプの車が急ブレーキを掛けたのです。

ヤバい！　と思いました。もちろん急ブレーキを踏みましたが間に合わないかと覚悟しました。

次の瞬間です。

後ろから衝撃がありました。

音も響きました。

何かが後ろからぶつかってきた音。

いやぶつかった音？

違うぞ？

そう思ったときです。

バイクが飛んでいきました。

まるで、アクション映画のスタントマンがバイクで車の上を飛んで行くように、いや、本当にそのまんまで、飛んで行ったんです。

そして、前で急停止したワゴンの横に見事に着地したんです。

わかりますよね？　フォルクスワーゲンのビートルのリアがどんなふうになっているかを知っている人なら何が起こったかを。

フォルクスワーゲンのビートルのリアはそのままジャンプ台になると言ってもいいぐらいの、いい感じのスロープになっていますよね。

後ろを走っていたバイクは、僕のビートルのブレーキに気づかなかったか間に合わなかったのか、そのまま前輪を乗り上げてジャンプして、ワゴンの横に着地したんです。

衝撃に次ぐ衝撃でした。

たぶん、一生に一度の出来事でしょう。こんなのを経験した人はそうはいないと思います。

その後の事故処理などのドタバタは大して面白い話でもないので置いておいて、話の結末を急ぎます。

バイクに乗って僕のビートルをジャンプ台にした男は、赤坂《あかさか》祐也《ゆうや》といって、妹の紗香と婚約しました。

はい、そのとんでもない出来事が縁だったのです。三ヶ月後に僕の義弟になります。

いい奴ですよ。

結婚式で二人の出会いを再現フィルムかなんかで披露してやろうと思って今から楽しみにしています。

▲

西村篤さんの〈ある一日〉ありがとうございました。もちろん、西村篤さん、紗香さん、そして義弟になる赤坂祐也さんは似たようなイメージの仮名です。

まさしくとんでもない出来事でしたね。周りで目撃した人も口をあんぐりと開いていたのではないでしょうか。

それにしても赤坂祐也さんはものすごいバイクテクニックをお持ちじゃないでしょうかね。たぶん、普通の人には無理です。バイクもひょっとしたらオフロードタイプのバイクだったのでしょうか。

何はともあれ、赤坂祐也さん、西村紗香さん、ご婚約おめでとうございます。どうぞお幸せに。

『A DAY IN YOUR LIFE』

『あなたの人生の、ある一日を募集しています。何でもない一日、奇跡を感じた一瞬、幸せだった日々、不思議なことがあった日。どんな一日でも結構です。メール、ファックス、手紙、葉書などできる方法でお寄せください。いただいた〈あなたの一日〉は私が読みやすい物語に仕立てて、この番組でお送りします』

＊

いつものように最後のジングルが終わるまで、ヘッドホンを外さない槙村さん。カフを下げてＣＭに入ったところでようやく顔を上げて、ヘッドホンを外す。

「お疲れ様です」

「お疲れ様でした」

ヘッドホンもそっと置いて、備え付けのクリーニングクロスで丁寧に拭いていく。本当に丁寧に。

「お疲れ様です」

寧々さんがいつものように、隣の〈藤森珈琲〉のブレンドを持って入ってくる。これからしばらく、三人のダベりタイム。そんなこと言っちゃダメだろうけど、この時間が自分の仕事の中でいちばん好きなんだよね。

俺、きっと寧々さんも槙村さんも大好きなんだ。人として。だから、仕事抜きのいろんな話ができるこの時間をもっとも楽しみにしているんだよね。

この二人、結婚でもしないのかなぁって思うんだ。そうしたら俺は二人の家庭に毎晩のようにお邪魔して、一緒にご飯でも食べるんだけど。

「変なこと訊きますけどね。二人に」

「うん」

「何を？」

二人してこっちを見る。親戚だけどまったく血は繋がっていないから関係ないんだけど、この二人醸し出す雰囲気がすごく似ているんだ。

「出会ってから長いじゃないですか」

二人で同時に私たち？　って顔をする。

「まぁ長いね」

「長いわね」

「そんな雰囲気になったことないんですかね。つまり男と女の。お互いの家に出入りとか随分しているみたいだし」

おお、みたいな感じで口を開ける寧々さん。なるほど、って小さく頷く槙村さん。

「ないことも、ないかな」

「そうだね」

「そうなんすか!?」

あるんですかやっぱり！

「え、それはどういう」

寧々さんが、笑う。

「う、そ」

なんですかー。槙村さんも笑う。

「本当に全然ないかな。もう頭っから親戚のお姉さんになっちゃっているから」

そうよね、って寧々さん。

「だって、初めて会ったとき一朗くんは小学生だよ。本当に可愛いらしい男の子でこんな弟が欲しいって真剣に思った。大きくなってそれなりにイケメンになったって面影にはあの小学生のボクがいるのよ。私、そういう趣味はない」

なるほど。

「どう頑張ってもそうはならないんですね」

「いや頑張る必要もないでしょう。でも、似てるのよ私たち」

「似てるとは」

「二人とも、たぶん誰とも一緒に暮らせない感じ」

誰とも。

「それは、結婚しないってことですか」

確かに寧々さんは三十八歳で独身だけれども。

「独身主義ってわけじゃないんだけどね」

槙村さんが言う。

「ひょっとしたらそういう人が現れるかもしれないけれども、今まで生きてきて、誰かと一緒に暮らすっていうのが想像できないんだ」

「私もそうね。そういう話は二人でしてる。そして、二人でたまにそれぞれの家でご飯食べたりして家族みたいにして過ごすの。そういうのが、いいのよね」

「なるほど」

なんとなくわかる。そういう人ね。

「つまりある意味では二人は恋人ではない、ちょうどいいパートナーとして出会えたってことっすね」

「パートナー、とまでは言い切れない、その一歩手前ぐらいかな」

「そこまでお互いに依存したりしないしね」

それでも、ちょうどいい人と巡り合えたってことだ。

「矢川くんは、まだいい人現れない？」

寧々さんが言う。自分でそういう話をふっといてブーメランだったか。

「まだっすね。っていうか、全然出会いとかないですよ仕事ばっかりで」

槙村さんが、ちょっと表情を変えた。

「何か、あったの？　含みのあるような言い方だったけど」

そうですよね。槙村さんは知らないんだ。

「ここに入る前だったたんですけどね」

寧々さんは知ってる。

「もう五年も前か。矢川くんってうちに入る前はミュージシャン。まぁ売れないのでＰＡをやっていたんだけど、その頃からずっと私は知り合いだったんだ。その頃付き合っていた彼女もね」

小さく溜息をついた。

「その可愛い彼女がね、家族で旅行していて事故で全員亡くなられて」

「それは」

槙村さんが、顔を顰める。

「びっくりですよね。あんまりびっくりする話なんで〈ある一日〉にも書けないんですよ」

本当にびっくりした。悲しいとかそんなんじゃない。ただただ驚いて、固まるしかなかった。

どうしてそんなことが起こるんだって。

「向こうの運転手の居眠り運転の正面衝突で、乗っていた人間全員死んじゃったんですよ。もうどこにも感情の持っていきようがないって感じで」

あんなのは、もう一生味わいたくないなーって思う。いや誰でもそう思うだろうけど。

「でもあれですよ。いまだに忘れられないとかじゃなくてね。そんなのがあっても惚れちゃうような子に巡り合えないかなーって思ってはいますからね」

本当に。

うん、って槙村さんが頷く。

「巡り合いか。ここで話す〈ある一日〉はほとんどがその巡り合いの物語だからね」

「そうっすよね。人生ってそういうもので彩《いろど》られていくんですよね。そう思うとね、俺本当に思うんですけど、優しくなれるんですよ」

どんな巡り合いがあろうと、それが自分の人生の〈ある一日〉で、それがあるから人生が彩られていく。

「たとえ悲しかったり辛かったりする色合いであろうとね。それが自分の人生なんだって思える」

だから、どんなことにも、誰に対しても、優しくなれる。

「いいね」

槙村さんが、微笑む。

「そうあってほしいと僕も思うよ。自分が紡いだ物語を読んだ人が、人生に思いを馳せてそしてそういう気持ちになってほしいって」

物語は、心を豊かにするんだ。本当に。

「それで」

寧々さんだ。

「一朗くんの人生を彩っている伯父さん、仲村智明さんの方は、まだ何も連絡はないのよね」

「ないね」

高梨ソフィアさんからだ。

槙村さんの伯母さん、旧姓仲村紫野さんがスペインのグラナダで病で亡くなったという葉書は、槙村さんの実家で見つかったんだ。

ものすごく苦労したけどね。家中探し回って、誰がそうしたかもわからないけれど、本棚の奥の方の本の間に隠されていた。

やっぱりスペイン語でしかも手書きなのでまったくわからなかった。

翻訳アプリにかけてみたけど、手書きでは読み取ってもくれなかった。なので、高梨ソフィアさんに送って、そしてスペインの友人の画家、セシリア・ロドリゲスさんに送ってもらった。

そのセシリアさんが、スペインでクルス・モラタこと仲村智明さんの行方を調査してくれている。

「ソフィアさんが葉書を読んだところ、本当に簡潔な内容で〈あなたの家族であるはずの、仲村紫野がこちらで亡くなった。ガンだった。本人の遺志で全てこちらで葬儀も済ませた。この連絡も本人の遺志である〉。それだけ」

「送り主も名前はダニエルさんっていうだけだったんですよね。住所も何も書いていないので全然わからない。ただ、その葉書そのものが手掛かりになるかもしれないってね」

「手掛かりって?」

「手作りっていうか、絵だったんですよ。手描きの絵が描かれた葉書」

何もかもが、絵に繋がっているんだ。

「だから、向こうでその葉書に描かれた絵を見て、誰かが何かわかるかもしれないってね」

絵描きの知り合いはたくさんいるみたいだから。

「まぁ、待つしかないんだけど」

「それでもね、不安しかないすよね」

槙村さんも、言っていた。

お母さんの記憶障害の件だ。

槙村さんのお父さん、仲村和明さんが事故で亡くなったことがきっかけだとは思うんだけれど、もしも、そこに仲村智明さんの行方不明とか指名手配とかそういうものがかかわっているんだとしたら。

《J-AIRFM998》
『A DAY IN YOUR LIFE』
『ア・デイ・イン・ユア・ライフ。今日が終わると同時に新たな一日が始まる狭間の一時間。そこにいるあなたの人生の、ある一日をお届けします。その日を綴るのはあなた、編んで読むのは私、小説家の槙村朗です』

こんばんは。

東京は今この瞬間にも大気の状態が不安定です。さっきまで雲に隠れていた月がくっきり見えたと思ったら、もう見えなくなっていました。皆さんのところはどんな天気になっていますか。

夕方ぐらいですがゲリラ豪雨が発生していて、道路に水が溢れ、地下鉄の駅では浸水《しんすい》しているところもあったようです。大きな被害は今のところないようですが、該当《がいとう》地域の方々は充分にお気をつけください。

日本は、雨が多い、つまり降水量が多い地域だそうです。その理由としては、まず周囲が海に囲まれている島国であり、台風の通過が多いこと。そして真ん中に山脈が走っているなどの地形的要因があるからだそうです。

雨を表す言葉も非常に多いです。

よく使う雨を表す言葉だけでも、俄雨《にわかあめ》、時雨《しぐれ》、霧雨、五月雨《さみだれ》、春雨《はるさめ》、秋雨《あきさめ》、梅雨《つゆ》、涙雨、小糠雨等々《などなど》実にたくさんあります。

それだけ生活に密着している雨ですから、ここに寄せられる〈ある一日〉にも、雨の日が多くあります。〈ある一日〉ほどドラマチックなものではなくとも、あなたの中の〈思い出の雨の一日〉というくくりでお便りを募集してみるのもいいかもしれません。

今夜も〈あなたの人生の、ある一日〉をお届けしますが、その前にお便りをご紹介しましょう。

〈野島《のじま》〉さんからのお便り。島根《しまね》にお住まいの男性の方です。お名前にラジオネームという断りがなかったのでひょっとしたらご本名かもしれませんので、名字の方だけそのままで読みますね。

〈槙村さん、こんばんは。〉

はい、こんばんは。

〈ある一日というほど大げさなものではなく、失敗談なんです。もう十年以上前ですか、その当時、私はよく東京に出張で行ってあちこちのホテルに泊まっていました。その日は、東京でも一流のホテルで同業各社によるカンファレンスみたいなものがあり、そこに泊まっていたのです。〉

私もホテルはよく利用しますが、東京在住なので泊まることはまずないのですよね。出版社のパーティなどで大きなホテルもよく行くのですが、たまには泊まってみたいなぁと思います。〈仕事も終えて、ホテル内の中華料理の店で晩ご飯を一人食べていました。さすが一流の店は違うなぁなどと思いながら食事を終え、会計しているところに男性が何人か連れ立って店に入ってきました。その中の一人のご老人の顔を見た瞬間、あ、この方はどこかで見た人だと思いました。たぶんカンファレンスに来ていたどこかの会社の社長か会長クラスの方だろうなと思い、反射的に頭を下げ《さ》『お世話になっております。お疲れ様でした』と声を掛けました。その方は一瞬怪訝《けげん》そうな表情を見せましたがすぐに『あぁ、お疲れ様でした』と声を掛けてくれました。私はそのまま財布をしまいながら店を出てホテルの廊下を歩いていたのですが、十歩ほど歩いたところで『違う!』と思わず声を上げて足を止めて振り返ってしまいました。その方は、Kさんだったのです。そうです、あのプロ野球四百勝《しょう》投手のKさんです。びっくりしました。おそらくどなたかとの会食か何かで来ていたのでしょう。〈どこかで見た顔〉を〈カンファレンスで見たんだろう〉となって、〈とても凄い人〉が〈社長か会長〉という連想になってしまったんですね。一人赤面《せきめん》しながら間違えてすみませんと心の中で頭を下げ、でも会えてラッキーだった、と喜び部屋へ戻りました。〉

Kさん! 私の年齢でも野球好きならもちろん知っています。故人とはいえご本名を出すのはプライバシーに関わるかと頭文字にしましたが、四百勝投手と言えば、わかりますよね。

うっかりの人違いとか勘違いは、あります。私も、ある芸能人の方と出版社で偶然擦《す》れ違ったのですが、親しくしてもらっている大先輩の小説家の方だと勘違いして声を掛けそうになったことがあります。もし声を掛けていたら「なんでやねん！」とツッコまれていたかもしれません。

『A DAY IN YOUR LIFE』

▼

【東京都　戸川香奈子《とがわかなこ》　会社員】

ちょっとだけ不思議な話です。

今も続いている不思議なのですが、別に怖い話じゃありません。そして〈ある一日〉というよりは、〈その一日〉という話かもしれません。

私は東京の実家住まいの会社員です。会社は、有名な会社なので名前も業種も出すのは控えますが、本社があり支社もあり、そして部署もかなりたくさんあり社員も相当たくさんいる会社だと思ってください。

大学を卒業してその会社に入社しました。同期入社の人間は本当に多かったのです。ざっくり二百人ぐらいはいたはずです。同じ大学からその会社を受けた人もけっこういたのですが、知り合いは誰も入ってきませんでした（受かった人もいたのですが、違う会社に行きました）。ですから、とりあえず新入社員に知り合いはいなかったのです。

本社のある部署に配属されました。そこに配属された新入社員は全部で八人。男性が六人に女性が私ともう一人の二人でした。

同じ東京生まれで、同い年の鳥居塚祐未《とりいづかゆみ》さん。

その日が初対面でした。

そこからもう不思議だったのですが、私は鳥居塚祐未さんと初めて顔を合わせたそのときから、何故かものすごく親しみを感じていたのです。とても初めて会ったとは思えないほどの。どこかで会っていたんじゃないかというレベルではなく、仲の良い昔馴染みで久しぶりに顔を合わせたのではないかというぐらいでした。

祐未さんはとても控え目で大人しい性格の女性だったのですが、すぐに仲良くなれました。同じ東京生まれですが、実家は私は葛飾《かつしか》区で祐未さんは練馬《ねりま》区。全然離れていましたから、通った小中高もやはり全然違うところでした。

それなのに、昔から知っているような感覚がずっとしていたのです。

本当にすぐに仲良くなったのでずっと一緒にいました。お昼ご飯も毎日一緒に食べました。新入社員のうちはほぼ定時で退社できたので、一緒に会社を出て、二人とも実家住まいなので帰るルートはまったく別だったのですが、ときには二人で外食をしたりしました。

休みの日も、二人で会ったりしたのです。

いろんなものの趣味とか好みとか、性格なんかもかなり違ったのですけれど、それでも二人で一緒にいることが楽しかったのです。

半年も経った頃に、祐末さんに伝えました。実は、初めて会ったときからずっと昔から知っているみたいに親しみを感じていたんだと。

祐末さんも、驚いていました。

実は、私もそうだったんだって。

二人で、共に同じ感情を抱《いだ》いていたんです。これは何だろう？　って二人で話しました。

ひょっとしたら私たちは、前世で姉妹か何かだったんじゃないか。あるいは親友だったとか、親子だったとか、いやいや実は恋人同士だったんじゃないかって。

どれも冗談のようですが、二人とも本気でそういうことを考えていました。そうじゃなきゃ、初めて会ったときからお互いに抱いていた感情がまったく理解できなかったからです。

もちろん、原因とかそういうものはわかりませんでしたけれども、最初から仲の良い親友みたいになれたんだからいいよね、と話しました。

それからずっと、私たちは本当に仲の良い同僚として過ごしていたんです。お互いにお付き合いしている相手もいなかったし、休日は常にデートのように二人で出かけていました。

ちょうど一年が過ぎる頃です。

休日にお互いの家に行ってみることになりました。

何度もどこかへ出かけていましたから、行くところも思いつかず、じゃあお互いに生まれてからずっと過ごしている実家訪問をしようという話になったのです。

最初に葛飾区にある私の実家に、祐未さんがやってきました。

葛飾区に来るのはほぼ初めてということだったので、柴又《しばまた》帝釈天《たいしゃくてん》とかの観光スポットも案内して、私の家へ。

私の実家は、祖父が建てた家でものすごくクラシックな一軒家です。祐未さんの実家はマンションだそうで、一軒家に住むのにちょっと憧れていたとか。

休日だったので父も母もいました。父は区役所に勤める公務員で、母は専業主婦です。まずは居間でお茶を飲みながら二人に紹介して、あれこれ話していました。親は二人とも人当たりの良い人だったので、にこやかに和やかにちょっとした時間が流れていきました。

母が、ふいに言いました。

「鳥居塚さん、ってちょっと珍しいお名前よね？」

祐未さんが頷きます。

「そうですね。今まで親戚以外で同じ名字の人に会ったことはないです」

私もです。初めて会いました。母は、少し何かを考えるようにしました。

「変なことを訊くけれどもね、ご親戚か誰かに鳥居塚唱子《しょうこ》さんという方はいないかしら。唱子の唱は歌う合唱の唱なのだけれど」

祐未さんの眼がちょっと大きくなって、驚いたように頭が少し動きました。

「それは、母です。母は鳥居塚唱子ですけれど」

お母様？

「そうなの？　あらぁ！」

母が、手を打ちながら笑顔で言います。

「え、お母さん知ってるの？」

「そうなんじゃないかって思うんだけれど、あれどうしよう。祐未さん、あなたどこで生まれたか知ってる？」

「東京ですけれど」

「ごめんなさい、産院。病院？　どこで出産したとか聞いてる？」

病院って。

「あのね、私が香奈子を産んだのは池袋にある〈篠塚《しのづか》マタニティクリニック〉ってところなのよ。そこでね、一緒の部屋でそして一日違いで女の子を産んだのが鳥居塚唱子さんだったの。祐未さん、誕生日って」

「私と一日違い」

そうなんです。私たちは六月生まれ。祐未さんは私より一日だけ遅い誕生日だったんです。

「訊いてみます！」

祐未さんがすぐスマホを取り出して、電話をかけました。

祐未さんのお母さんに。


「あなたたち、新生児室と病室で、何日間だったかな一週間ぐらいだったかな。ずっと隣同士で寝ていたのよ」

「隣同士」

「もちろんまだ眼も見えていないから、お互いのことなんか見ていなかっただろうけどね」

そうだったんです。私と祐未さんは、同じ病院で生まれていたんです。しかも母親同士は同じ病室で生まれたのは一日違い。

退院した日も同じだったそうです。母親同士は連絡先だけは交換してその後何年間か年賀状だけの交流はあったけれども、それも私たちが大きくなる頃にはなくなっていたとか。祐未さんがお母さんに電話して、母親同士で二十数年ぶりに会話をしていました。あのとき一緒に並んで寝ていた赤ちゃんが、同じ会社で働くことになっていたなんて、と、とんでもない偶然を喜び合っていました。

私と祐未さんが、初めて会ったときから親しみを感じていたのは、そのせいだったんだ、と二人で話しました。

もちろん、生まれたての赤ちゃんですからお互いを見ていたはずもないし、認識できたはずもありません。でも、こんなにも私たちを結びつけたものは、それ以外は考えられませんでした。

きっと死ぬまで、ひょっとしたらお互いに結婚して子供が生まれたとしたら、その子供たちも仲良くなって、そうやってずっと過ごして行くんだと思っています。

▲

戸川香奈子さんの〈ある一日〉、いえ〈その一日〉でしょうか。ありがとうございました。いつも通り、香奈子さんも祐未さんも、似たようなイメージの仮名にしてお送りしています。知り合ってすぐ仲良くなれる、というのは、学生の頃なら比較的あるかもしれませんが、大人になってからというのはなかなかないですよね。お手紙は、誇張《こちょう》ではなく本当に顔を見た瞬間に〈この人は好きだ〉と思ったそうですし、祐未さんもほとんど同じふうに思ったそうなんです。

新生児室で一緒だった二人。その二人が別々に大きくなって同じ会社の新入社員として出会うというのも中々の偶然ですが、互いに一目惚《ひとめぼ》れのように好意を抱けるというのは、やはりその最初の出会いがあったからなんでしょう。私も、そうとしか思えません。

でもひょっとしたら本当に前世というものがあって、二人は親しい関係性だったのかもしれませんよね。

私は今まで前世とかその辺りの物語を書いたことはないですが、魅力的な題材ですし、あり得ないなんて思ったこともありませんね。むしろ、あった方が楽しいと感じてしまう方です。


『A DAY IN YOUR LIFE』

▼

【宮崎《みやざき》県生まれ　高橋《たかはし》充《みつる》　会社員】

双子です。

と言っても顔がそっくりの一卵性双生児じゃなくて、二卵性双生児の男女として生まれた男の方です。一応、兄ですね。

ご存じだと思いますけど、二卵性の場合は双子って言っても全然似てないんですよ。や、似てる人たちもいるかもしれないですけど。僕たちの場合は本当に似ていなくて、強《し》いていえば顔は僕が母親に似ていて、妹が父親に似ているという。なので、四人揃うと双子なんて思われなくて、ごく普通の親子四人で兄妹は年子なのかしら、ぐらいな感じに思われますね。

僕らは血液型も違うんですよ。さすがにDNAとかは調べたことないですけど、一卵性はまったく同じらしいですけど、二卵性の場合は一致しなくて半分ぐらいは同じとか聞きますね。

それで本題なんですけど、双子の場合シンクロニシティがよくある、なんて聞いたことがありませんか。一緒に暮らしているときならともかくも、成人して互いに実家を出て離れて暮らしているのに、あるタイミングで同じことをしていたとか、同じところに出かけていたなんていう感じの。

僕らもあるんです。それは小さい頃からずっと続いています。今は僕も妹も社会人になって実家を出てそれぞれに一人暮らしししているんですよ。僕は北海道ですが、妹は東京です。

僕らの場合のシンクロニシティというのは、具合が悪いときは必ず一緒に具合が悪くなるんです。これ、本当なんです。

実家で暮らしていた頃は、風邪を引くと必ず二人とも引いていたんですよね。これはまぁ一緒に暮らしているんだからそうなるんだろうな、って僕らも親も思っていたんですけど、高校生のときです。

妹はバレー部だったんですけれど、スパイクを顔面に受けてしまって倒れて一瞬気を失ったんですよね。鼻血が出たぐらいで大したことはなかったんですけど。

で、そのときに僕は何をしていたかというと、美術部だったので美術室でカンバスに向かって絵を描いていたんです。でも、椅子から転げ落ちたんです。自分でもびっくりしましたよ。

ただ座っていたのに一瞬気が遠くなって次の瞬間椅子から落ちていたんですよね。周りの同じ部の連中は何をやっているんだって笑っていたし僕も笑ったんですけど、すぐにわかりました。

これ、妹に何かあったな、って。すぐに確認しにいったら、保健室で鼻に綿を詰めてた妹がいましたね。

不思議ですよね。大きくなってから一緒に風邪を引くようなことは少なくなっていたんです。これはまぁ体力とかついたからだろうなって思っていました。でも、気を失うとかどこか痛めるなんてことはなかったので気づかなかったんですけど。

試しに、痛いですけど妹に頭を叩いてもらいました。でも、何もなかったんです。僕は痛いけど妹も自分の頭を殴られたように感じるとかはなかったです。

じゃあ、物理的に距離的に離れているような状況下でそれは起こるのだろうかと、僕が近くの河原に行って堤防を転げ落ちてみました。もちろん怪我しないようによく注意していたんですけど、草に隠れていた石にお尻をぶつけてしまってマジで痛かったんです。下手したら尾てい骨骨折したんじゃないかってぐらいに。

すぐに妹に確認しました。

お尻に急に痛みが走ったと。僕は堤防を転がって目が回りそうになったんですけど、それは別になんともなかったと。

そのことを確認しあってから、二人でマジで絶対に大怪我するとか事故に遭《あ》うとかしないようにしようねって誓い合いましたよ。本当にマジで。どうしてそんなことが起こるのかなんていうのは考えるだけムダですからね。なんかもうそういう体質だからしょうがないんだぐらいの感じで思っています。

その後、幸いにも二人とも大怪我するとか事故に遭うとかは一度もなく、せいぜいが僕が大学の階段を踏み外して落ちて、ちょっと足を捻挫するぐらいでした。そのとき、妹は違う大学のキャンパスを歩いていて、急に足に痛みが走って何でもないところで突然転んだので皆に驚かれたそうですけどね。

そして、〈ある一日〉ですね。

去年の八月。夏のことです。

その日は日曜日で仕事は休み。僕は特に予定もなくてマンションの自分の部屋でのんびりしていました。そもそも文化系の人間なので趣味の絵を描いていたりするんですよね。今はパソコンでもよく描いています。

突然、眩暈《めまい》がしました。そして目の前が暗くなって一瞬自分が失神したんじゃないかって思ったんです。でも、すぐに復活しました。僕自身の身体はなんともありませんでした。

すぐに妹に電話しました。

でも、出ません。呼び出し音がずっと鳴るだけです。

確実に、妹の身に何かが起こったんだと思いました。身体に痛みとかなかったので、事故とかじゃない。急に目の前が暗くなったことを考えるなら、何か、気を失うとかそういうもの。

スマホの電話帳から、妹の友達に電話しました。

あらかじめ、決めてあったんです。もしもどちらかが部屋で一人でいるときに、何かあったとき。たとえば心臓発作とかそういうものがあるかもしれない。どっちかの身体に何かが起こったとわかっても、電話しても出られないのは確実。そういうときのために、いざというときに駆け付けてくれる人を決めてお互いに教えておこうと。

僕の場合も、わりと家が近くて仲が良い同僚の電話番号を妹に教えてありました。もちろん、その人たちに事情を話して。

妹の友達は同じ大学の同級生でした。すぐに電話に出てくれました。妹に何かあったようだけど、電話に出ないんだと。

すぐに部屋に行ってみると言ってくれました。その間に僕は東京行きの飛行機を調べて、これから部屋を出て間に合う便を予約して部屋を出ました。

確実に、妹に何かが起こっていると肌で感じていたからです。

飛行場に着く前に友達から電話がありました。妹が部屋で倒れていたと。呼んでも反応がなく救急車を呼んで、今は病院に向かっている途中だと。

僕はそのまま飛行機に乗って、東京へ向かったんです。

結果としては、妹は心筋梗塞《しんきんこうそく》でした。

幸いにも、本当に幸いにも無事に助かったんです。もう少し発見が遅れていたら危なかっただろうと医者に言われました。

結構長い入院になりましたが、幸いにも後遺症とかもなく、今はまた会社に復帰して元気に働いています。

本当にヤバいなと思うとき、血の気が引いたようになって身体が冷たくなるって本当ですね。東京に着き、病院で何とか命はとりとめそうだと聞かされるまでずっと身体が冷たいと感じたままでした。

これからもひょっとしたらあんな〈ある一日〉があるのかもしれません。しょうがないですね。そういうふうに生まれてきちゃったんだと、妹と二人話しています。助け合って生きていこうと思っています。

▲

高橋充さんの〈ある一日〉ありがとうございました。

もちろん高橋充さんは似たようなイメージの仮名です。妹さんの名前は最後まで出てきませんでしたが、双子らしく、たとえば充とみちるというようにほぼ同じようなイメージのお名前だそうです。

これは本当に不思議なお話です。あり得ないけれども、高橋兄妹にとっては現実にあるものなんですよね。

〈どうしてかという原因などわかるはずもないから体質みたいなものだと思ってる〉と書いてありましたが、その通りですね。そう思って生きるしかないですよね。

虫の知らせ、という古い言葉があります。腹の虫が治まらない、とか、虫の居所が悪い、などという表現もありますよね。この虫というのはその辺りにいる昆虫の類いではなく道教という宗教に由来するものと言われています。詳しくは長くなるので省略しますが、家族とか親しい人に何かあったときに、虫の知らせでそれを感じるというのはありますよね。高橋兄妹の場合はそれの鋭いものと思えばいいのでしょう。

この番組を聴いている双子の方もいるでしょうか。そういうのがあれば、お便りをいただければ双子特集の回ができるかもしれません。


『A DAY IN YOUR LIFE』

『あなたの人生の、ある一日を募集しています。何でもない一日、奇跡を感じた一瞬、幸せだった日々、不思議なことがあった日。どんな一日でも結構です。メール、ファックス、手紙、葉書などできる方法でお寄せください。いただいた〈あなたの一日〉は私が読みやすい物語に仕立てて、この番組でお送りします』

＊

お待たせしました、って私がいうのも変ですね。

調べるのを頼んでいたセシリアから連絡が来ました。このように、調査書みたいな感じできちんとした書面と、何枚かの写真もプリントしたものが来ています。写真はデータでもメールで私のところに来ています。

写真は、仲村紫野さんや仲村智明さんが過ごした家とか、個展をやったギャラリーとか通っていたお店とかそういうものの写真ですね。調査書にはお二人のことの証言をしてくれた、お二人のことを知る人たちのサインなんかも入っています。

かなり、きちんときっちりと調べてくれています。セシリアは画家ではありますけど仕事として、日本でいうと土地家屋調査士のようなことをしているので、得意だったんですねこういうの。友人ですけど、仕事のことは全然知らなかったのでちょっとびっくりしました。頼んで正解だったと思います。

この調査書は、後から私が日本語に翻訳して、この原本と一緒にそちらに郵送します。

はい、お金のこともきちんとなっていますから大丈夫ですよ。この通り、セシリアからの領収書や、何に使ったかという明細書なんかもあります。

そうなんです、本当にきちんとしているんです。探偵をやった方がいいんじゃないかって思ったぐらいです。

それで、結論というか、その辺りをお知らせしますね。

まず、仲村紫野さんと仲村智明さん、お二人ともお亡くなりになっているのは、間違いありませんでした。

お二人とも病死でした。お二人が眠るお墓とかの写真もありますね。これです。名前が彫ってありますね？

ここは、間違いないようです。

死因に疑わしいところがあるとか、殺人とかそんな物騒《ぶっそう》な話はまったくないです。安らかに眠られているようです。

伯母さんである仲村紫野さんに関してですけど、ご家族がまだスペインに暮らしていました。そうです。紫野さんのお子さんたちですね。お孫さんもいます。

こちら、ご家族で撮った写真ですね。これが紫野さんですね。

旦那さんと、お子さんがまだ小さい頃ですか。幸せそうですよね。

実際、幸せに暮らしていたそうですよ。少し早めに紫野さんが亡くなられた以外は。

ただ、日本での紫野さんのことはまったく知らないようです。紫野さんのご両親のことも、兄弟のこともいることは知っているけれども、他にはまったくわからないと。

紫野さんが意図的に何も話していなかったようですね。

うん、そうなんでしょうね。

日本のことは全部捨てて、スペイン人として暮らしたということなんでしょう。ご家族のお話とかも調査書にありますから、後で読んでください。

そして仲村智明さんが、クルス・モラタという名前で向こうで画家をやっていたのもきちんと確かめられました。

はい、そうです。これがクルス・モラタこと仲村智明さんの、生前の、スペインにいたときの写真です。

見覚えあります?

一度しか会ったことないんですよね?

あ、似てますかお父様に。ご兄弟なんですものね。

実は私もこの写真を見て、槙村さんに似ているなと思いましたよ。眼の辺りなんかそっくりです。

クルス・モラタが仲村智明さんだという証言もたくさん集まっていますし、何よりもこの写真。はい、パスポートですね。間違いなくこれは日本国のパスポートです。

ここに、仲村智明とありますね。これがクルス・モラタがいつも持っていたものだそうです。

百パーセント間違いないと思います。

それで、気になっていましたよね。

指名手配されていたとかいう話。それもきちんと調べてくれました。細かい事件の経緯なんかは後で訳したものを読んでもらうとして、結論としては間違いでした。

はい、濡れ衣というか、どう言えばいいんでしょうか。

間違いなく殺人事件はあってクルス・モラタはその容疑者になっていたんですが、それが間違っていて本当の犯人は別にいました。

ちゃんと逮捕されて事件は解決しています。

ただ、どうやらクルス・モラタ本人もそれを、犯人であると、あえて被《かぶ》っていたような感じだったんですかね。亡くなった今となってはどうしてそういうふうにしたのかはわからなくなっていますけど。

これも間違いないです。

当時の事件を担当した警察の話も聞いていました。本当にセシリアは優秀な調査員ですね。

ですから、安心してください。

仲村智明さん、犯罪者ではないです。

あ、そうですね。一時期容疑者だったのも、間違いのないところです。

槙村さんが会ったとき、クルス・モラタが仲村智明として日本に帰っていたときに容疑者だったのもたぶんそうなんじゃないかと思います。

パスポートのスタンプでしか調べられなかったんですけど、その辺は槙村さんがご自身の記憶と照らし合わせてください。

全部コピーしたものを送りますから。

それでですね、槙村さん。

クルス・モラタが間違いなくあなたの伯父さんということは確かめられて、こちらでの調査は終了ということでいいと思うんですけれど。

そうです、ご家族がいました。

クルス・モラタの子供です。

そうなんですよー。ひょっとしたらそういうこともあるんじゃないかと私も思っていたんですけど、いたんです。

ただ、正式な結婚はしていなかったようなんです。

ですから、その方が、自分はクルス・モラタの子供であると言っているだけなんですよね。

確かめるにはＤＮＡ検査とかしなきゃなりませんけれど、そのあたりは、槙村さんにお任せしますので。

もしも、そういうことをやってほしいとなれば、また別に相談ということですね。セシリアは乗りかかった船なのでお金さえ貰えれば協力できるって言ってました。

何故そういうことを言うかというとですね。

お名前はホワン・クルス・サンチェスさんです。

はい、クルス・モラタの息子さん。子供は一人だけだそうです。

槙村さんのいとこってことになりますよね。

お手紙があるようなんです。

その手紙というのは、自分の父親であるクルス・モラタが書いたもので、もしも自分が死んだ後に自分の日本の家族から、特に甥である仲村一朗、つまり槙村さんから連絡があるようなら、渡してほしいと頼まれていたものであると。

そういうものが、あったんです。

それは、これです。写真しか撮っていません。

これは直接渡さなければならないと本人が言っているんですけど、どうしましょうか？

《J-AIRFM998》
『A DAY IN YOUR LIFE』
『あなたの人生の、ある一日を募集しています。何でもない一日、奇跡を感じた一瞬、幸せだった日々、不思議なことがあった日。どんな一日でも結構です。メール、ファックス、手紙、葉書などできる方法でお寄せください。いただいた〈あなたの一日〉は私が読みやすい物語に仕立てて、この番組でお送りします』

*

槙村さんは、終わるまでヘッドホンを外さない。

カフを下げて、流れているのは番組最後のお決まりの言葉の録音なのにそれもじっと聴いていて、そしてCMに入ったところで顔を上げて微笑む。

ヘッドホンを外す。

「お疲れ様です」

「お疲れ様でした」

「お疲れ様です」

寧々さんがいつものようにコーヒーを三つトレイに載せて持ってくる。隣のビルの〈藤森珈琲〉のブレンド。この後午前三時までは何も入らないスタジオ。コーヒーを飲み終わって一緒に帰るまでの世間話タイム。

槙村さんがコーヒーを一口飲む。

今日、槙村さんがスタジオ入りしたときに、いろんなことが全部わかったんだって聞かされた。

槙村さんのいとこだというホワン・クルス・サンチェスさんから、伯父さんである仲村智明さんが槙村さん宛に遺したという手紙が昨日届いていたんだ。

本人は、直接会って槙村さん、つまりいとこである仲村一朗さんだとちゃんとわからないと渡せないって言っていたんだけど、さすがにスペインまで行くことはできないし向こうも来られないし。

それで、ソフィアさんと向こうにいるセシリアさんに協力してもらって、ネットで繋いでもらってお互いの顔を見て、いろんなことを話してお互いにちゃんと確認して、手紙を送ってもらったんだ。

「いとこさん、どうだった？　会えて喜んでいた？」

うん、って槙村さんが微笑んだ。

「どことなく僕たち似ているねって」

「似てたんですか？」

いとこ同士だから顔が似てるってことにはならないんだけど。「そもそも伯父と僕の父がよく似ている兄弟だからね。いとこのホワンさんと僕が似ていても不思議じゃないんだ」

コーヒーを飲む。

「どうやって君たちに全部話せばいいのか、昨日から考えていたんだけどなかなかまとまらなくてさ」

僕らを見て少し息を吐《は》く。

「別にいいのよ？　私たちに全部説明しなくたって。身内の問題で、たぶん他人に気楽に話せるようなことにはならなかったんでしょ？」

「そうですよ」

いやまぁ何もかもがはっきりスッキリしたんだったらぜひ知りたい、っていうのが本音なんだけど。そして、きっと全部話してくれるのはわかっているけど、別に急いでいるわけでもないんだし。

「とりあえず、犯罪とかそういうのは全然なかったことは、もう間違いないんすよね」

「うん。それはもう、全然問題ない」

お父さんが謎の事故死をしたり、伯父さんも伯母さんも行方不明で結局外国のスペインで亡くなっていたりってもういろいろとてもややこしいことになっていたんだけど。

「お母様のことも」

寧々さんが言う。

「わかったのかしら。どうしてああいうふうになってしまっているのかって」

槙村さんが、小さく頷く。

「たぶんだけどね。本当のところは本人に、いや記憶障害だから本人もわからないのかもしれないけれど、おそらく原因はそこだろうっていうのも、わかったと思う。あくまでも推測に過ぎないものだけど」

また頷いてから、いや、ってすぐに槙村さんが言う。

「母のことに関して言えば、僕は、それをずっと前に聞いていたんだ」

「聞いていた」

「それって？」

「母が、ああいうふうになってしまっている原因みたいなものはね。その昔にしっかりと聞かされていたんだよ。それに、僕がまったく気づいていなかっただけだったんだ」

そうなんだ、って呟くように言って、槙村さんは一人で納得するようにまた小さく頷いた。

「そこから、話をしよう。あの話だ」

あの話って。

「ひょっとしてあれですか。ホームレス、じゃなかったですね。伯父さんが最後の夜に話してくれたっていう、この世にひとつしか存在しないような、話」

槙村さんがこの番組を始める動機にもなった、ひょっとしたらその話が送られてきたら、謎の男だったホームレスのような男の正体に繋がるんじゃないかって思っていた奇跡のような話。

「そう、その話。僕がずっとホームレスかと思い込んでいた伯父さん、仲村智明が山荘での最後の夜に、あ、それはつまり父が事故死する前日の夜に話してくれた、という意味だったんだけど」

「していいんですか。俺たちに」

いいのか。

もうホームレスは伯父さんだってわかっているんだから。

「いいんだ。もうその話を探す必要もないんだから」

＊

「ある男の子の話なんだ。その子は、絵がとても上手だった。小さい頃から大人が感心してしまう素晴らしい絵を描いていた。でも、その子の絵には何故か人が一人も描かれていなかったんだ。その代わりに描かれていたのは、花」

「花？」

「そう、花。いろんな色や形の花々。実はその子は、眼が少し弱かった。はっきりとものの形がわからない上に、その子の眼には、人が花のようなものに見えてしまっていたんだな。そういう、まぁ一種の病気だったんだ。だから、たとえば教室で生徒が三十人席についているところを絵に描くと、そこには三十もの美しい様々な花が描かれていたんだ。まるでお花畑のようにね」

「すごい。全部違う花で？」

「もちろんだ。三十人生徒がいたら、三十人全員姿形が違うだろう？」

「それは全部ちゃんとある花？　ヒマワリとかコスモスとか」

「大体はそうだ。でも、花は、たとえば現実にはないであろう、虹色のヒマワリとかも描けるだろう？」

「青いタンポポとか？」

「そうそう。きれいだけど、現実にはないような花も描いていた。いや、描けていたんだ。その子は、まぁそういう病気と引き換えに、その人の内面みたいなものも心で感じ取れて見えちゃっていたんだな。だからそれを全部花の姿に描いていたんだ」

「内面？」

「たとえば、一朗くんみたいに心の優しい男の子だったら、すごく優しい色合いで、つい触《さわ》ってみたくなりそうな柔らかそうで、そして見たこともないような美しい形の花を描いていたんだ」

「じゃあ、悲しい心を持っている人だったら、見るだけで悲しくなっちゃうような色合いと形の花を描いていた？」

「その通りだ」

「なんかすごいけど、ちょっと困っちゃうかな」

「そうだな。実際、子供のうちならともかく、大きくなるにつれてその男の子はいろいろ困ってしまった。なにせ、絵を描くときだけじゃなく、とにかくいつでも人が人の姿に見えないんだから」

「じゃあその男の子は、お父さんやお母さんも人じゃなくて、花の形に見えていたのかな？」

「そうだよ。きょうだいもいたんだけど、全員が花に見えていた。まぁ正確に言えば、花のような姿形をした人たち、ってことだけれど」

「区別はついたんだよね」

「もちろんだ。そして、声も聞こえていたし笑うのも怒るのも泣くのも全部わかっていた。単純に、人に見えなかった、というだけさ」

「その子は、どうなっちゃったの。大人になってもそのまま？」

「そんなことはなかった。男の子は、ある女の子に出会った。クラスメイトになったその女の子はふたつの花が咲いているように、その男の子には見えた」

「ふたつの花」

「そう、ふたつの花だ。つまり一人でそこにいるのに、二人でいるようにその男の子には見えた」

「どうして？」

「その女の子は、自分の中にふたつの心を持っていたんだ。それに気づいたのはその男の子が初めてで、その女の子にとっても男の子は特別な男の子になっていったんだ」

「特別って」

「まぁ大好きな人になったってことだなお互いに。そうして、その女の子のおかげで、男の子は人がきちんと人に見えるようになったのさ」

*

槙村さんはそこで一度、話すのを止めた。

すごい。本当に一言一句《いちごんいっく》覚えていたんだ。

そしてわかってはいたけれども、本当に槙村さんは朗読というか、演技も巧《うま》い。ちゃんと中年のおじさんと小学生の男の子の会話が、手に取るようにってのも変だ、そこにいるように聞こえていた。

「人が花に見えてしまう、しかもそれでその人の内面までわかってしまって絵に描ける男の子って、確かに聞いたこともない話ですね」

「その絵が上手な男の子って、つまり伯父さん、仲村智明さんのことなのね」

寧々さんが訊くと、槙村さんは頷いた。

「そういうことだったんだ。伯父さんは僕に自分の話をしていた」

人が花に見えていたっていうのは。

「あれですかね〈相貌失認《そうぼうしつにん》〉と似たようなものですかね。人の顔を上手く認識できないっていう脳の病気みたいなもの。それで人の顔がのっぺらぼうに見えるって小説もありましたね」

「そうだね、僕もそう思った。似たような、まぁ治ったという話だから一過性の障害のようなものだったんだろうね」

「内面まで感じてしまっていたっていうのは、ひょっとしたら一朗くんの共感覚にも通じるものなのかしら」

そうか、ちょっと異なるけど、普通とは違う能力のようなものを持っていたってことか。

「そういう遺伝的なものが、何かあったのかもしれないと思ったよ。伯父から僕にも受け継がれていたのかなって」

「でも、ひょっとしたらそれこそが画家仲村智明、クルス・モラタの個性というか才能の表れだったのかもしれないわね」

　そうなんだろうなきっと。

「じゃあお互いに好きになった、ふたつの花になっていた女の子って誰ですか。クラスメイトってことは、伯父さんがまだ学生の頃ってことですよね」

「うちの母親だ」

　え。

　槙村さんのお母さんって。

　寧々さんが、顔を顰めた。

「ひょっとして、ふたつの心を持っている人って多重人格、あー解離性同一性障害《かいりせいどういつせいしょうがい》だったかしら今は。そういうこと？」

「そうなんだ。母は、ふたつの人格を持っていた、らしい」

　マジですか。

　でも、それで仲村和明さんと結婚して、槙村さんを産んだってことは。

「母は、仲村桂子のふたつの人格というのは、昼と夜を自分たちで分かち合っていたらしい」

「昼と夜」

「僕の父である仲村和明を愛して結婚したのは夜の仲村桂子で、僕の生物学上の父親になったのは、昼の仲村桂子と愛し合った仲村智明、伯父だったんだよ」

寧々さんが、思わずって感じで手のひらで口を隠した。

思わず両手をあげてマジか！　って言いそうになったのを堪えた。

「槙村さんのお父さんは、実は伯父さんだったってことですか？」

槙村さんが、頷いた。

それって。

そうか。

「だからなんですか⁉　山荘に籠って槙村さんを描いたのはそれが動機というか、目的というか、弟の息子として自分の甥っ子として育ったけれど、実は自分の息子と会うために⁉」

ゆっくり、槙村さんが頷いた。

「さっきの伯父の話は、こう続くんだ。『女の子は、人が花にしか見えない男の子に、私があなたに人というものを教えてあげると言ったんだ。そして裸になって、私の身体を全部触って確かめてって。眼を閉じてその手で全部感じ取って、と』。まぁもう少し子供向けに柔らかな表現をしていたけれど」

「セックスしたってことですか」

「そこまではわからない。出会ったのは中学校でだからね。でも、伯父は母の身体を全身を、その手で触って確かめることで、初めて人というものがどういうものなのかを感じ取れた」

「眼を閉じておそらくは互いに裸になってその全身で触れ合って手で触って、頭と心で理解できて、ようやく仲村智明さんの頭の中にはっきりと像を結んだのね。人間というものが。それで、人を人として理解できるように、見えるようになった」

「そういうことらしい」

びっくりだ。

確かに、奇跡みたいな話だ。

そして日常でも起こり得る、こと、なのか？　でも普通にクラスメイトとして出会った男の子と女の子だから確かにそうか。

「それならば、法律上の夫である仲村和明が事故死して、母が記憶障害になるほどのショックを受けたのも理解できる。僕が山荘で仲村智明と会っているのを、そこに父がいたのも母が知らないわけがない」

「愛した夫が死んで、もう一人の愛した男である、その兄はそこからまた行方不明になってしまったんだ」

多重人格だったその人が、自分が何だったのかわからなくなるほどのショック。

そうなるのか。そうか。

「ひょっとしてお母様は、もう」

「そのふたつの人格もごっちゃになっているのかもしれないね。そこは確かめようもないんだけど」

そもそもふたつの人格が、兄弟をそれぞれに愛してしまったというのも、ものすごくびっくりする話なんだけど。

槙村さんが、壁際のサイドテーブルに置いてあったカバンを取って、中から封筒を取り出した。

「この、伯父からの手紙に全部書いてあったよ」

＊

私の名前は仲村智明。

スペインではクルス・モラタと名乗っていた。

そしてこの手紙を託したのは、私の息子であるホワン・クルス・サンチェスである。私の甥である仲村一朗と会うことがあれば、もしくは連絡が向こうから来るようなことがあれば、この手紙を渡してほしいと頼んだ。

従って、この文章を読んでいるのは仲村一朗くんだろう。そうであるはず。

もしも何か事故のようなものが起きて他の人物が、私たちの家族に関係のない人間が読んでいるのならば、今すぐ読むのをやめて破り捨てるか燃やすかしてほしい。

一朗くん以外で読んでいいのは、それは一朗くんの母親である仲村桂子さんのみだ。それ以外の人は読まずにいてほしい。たとえばそれが親戚である桂子さんの妹さんであっても。

もしも、一朗くんも桂子さんもこの世に既になく、桂子さんの妹を始めとする縁者がこの手紙を手にして開封して読んでしまったのならばしょうがない。読んでも誰も損も得もしないであろうから。

ただ、その場合でも一生の秘密として墓まで持っていってほしい。

そういうことが、この手紙には書かれている。


一朗くん。

これを書いている今、君が小説家として日本で活躍していることを、私は知っている。健《すこ》やかに立派に育ってくれたことを、嬉しく思っている。

君と会ったのは、君がまさしく生まれ落ちた頃、一歳にも満たないときに会った以外は、あの山荘での一週間だけだ。それ以外では会ったことも話したこともない。

私は、戸籍上では間違いなく君の父親である仲村和明の兄で、そして君の伯父だ。

もう一人、紫野という君にとっては伯母にあたる私の姉がいる。君が知っているかどうかはわからないが、私たちは三姉弟だった。長女が紫野、長男が私、次男が和明だ。

まず、私たちは仲の良い姉弟だった。

性格で言えば紫野と私が活発な、そして芸術家肌とでも言うべき性格で、和明は人一倍大人しく、そしてとても頭の良い子だった。大学の先生という職に就いたのもむべなるかなだ。

姉の紫野は若い頃にスペイン人の男性と恋に落ち、そのまま向こうに行って結婚して二度と日本に帰らなかった。私たち弟たちとは繋がってはいたが。

察してもらえていると思うが、君の父方の祖父、君のお祖父ちゃんというのはまぁいろいろとんでもない男で、仲村家の家族はほとんど崩壊していたのだ。

ただ、私たち姉弟だけは、仲は良かったのだよ。幼い頃の日々を思い出せば、姉弟で仲良く遊んでいたことばかりが思い出される。

私がスペインで、たぶん穏やかな死を迎えられるのも姉の紫野のおかげだ。随分と世話になった。

その紫野も、早くに病で亡くなってしまった。

君の父である弟の和明はもっと早くに、死んでしまった。

残ってしまったのが、いちばん早くに死にそうな気性を持っていた私というのは随分な人生の皮肉かと思う。

一朗くん。

山荘での日々を覚えているだろうか。

あれは、私が無理を言って君を連れてきてもらったのだ。

日本で過ごす最後の日々になると思い、君と一緒に過ごさせてほしいと和明に頼んだのだ。

そして、君の絵を描いていた。

私は、画家だった。

君の絵を描いて、日本での最後の日々としたかったのだ。

しかし、和明がそこで死んでしまった。君もそこにいた。

私は、君を置いて逃げるようにスペインに戻った。

もちろん、事情があったからだ。

その後、和明の死が事故死として処理されたことは、人を介して確認してもらっている。一部始終を知っているのは、たぶん私だけだ。

小学生だったとはいえ、まだ幼かった一朗くんは何もわけがわからず、ひょっとしたらその後の人生に大きな影響を与えてしまったかと思う。詫《わ》びたところで何にもならないだろうが、申し訳なかったと思っている。

そしてこの手紙を手にした今頃わかっても何の足《た》しにもならないとは思うが、書いておく。

和明が死んだのは、事故だった。

間違いなく、事故だったのだ。

君が覚えているかどうかはわからないが、六日間という約束だった。私が君の絵を仕上げるのには余裕を見てそれぐらいは必要だったから。

君は、喜んで来てくれたそうだ。

自分の家の別荘、山荘などというものがあるのもそれまで知らなかったし、夏休みの数日間をそこで過ごせるというのも楽しみにしていたそうだ。

そして、画家であり、伯父である私と過ごせるというのも。

ただ、ある事情で伯父というのは伏せていたはずだ。単に親戚のおじさんということにしていたはずだ。

いや、親戚とも告げなかったのか。その辺はもう私の記憶も曖昧になってしまっている。とにかく、和明が君を連れてきてくれたのだ。

和明も、時間のあるときには顔を出してくれていたよな。

一緒に山の中で虫を獲ったり、川まで降りて魚釣りをしたり、それまであまりしたことがなかったという、まさしく父親と息子の夏休みという時間をあの山荘で過ごしていた。もちろん、私も一緒にだ。

夜は、一緒にベランダに寝転んで星を見たな。こんなにたくさん星があるんだ、まるで星に囲まれてるみたいだと君は子供らしい感想を言って喜んでいた。

君と一緒に過ごせて、嬉しかった。楽しかった。

残念ながらあの事故で絵を完成させることはできなかったが、まぁ概《おおむ》ね満足する形にはなっている。

今、あの絵がどうなっているかはわからないが、好きにしてくれていい。飾っておくも捨てるも燃やすも一朗くんの自由だ。

もっとも自分が描かれた絵を捨てたり燃やしたりするのはちょっとな、とも思うだろう。どこかの物置にしまい込んで朽《く》ち果《は》てるままにしてもらってもいい。売れるものなら売って小遣い程度を手にしてもいい。まったく気にしないでくれ。

あの日、和明が仕事帰りに山荘に立ち寄った。

晩飯は一緒に食わずに一休みしたら自宅に帰ると言っていた。そうやってあの六日間、和明も山荘に通っていてくれたのだ。

あの日は、いい夕陽《ゆうひ》が出ていた。

ベランダに二人で出ていた。

君は、一朗くんは、居眠りをしていた。私の絵のモデルを大人しく務めてくれていて、そしておそらく退屈で眠ってしまっていたのだ。

私も、その二日後にはもう帰ると決めていたので、その辺の話を和明としていた。ウイスキーを、水割りを作って二人で一杯だけ飲んでいた。

私もずっとスペインにいたので、和明と会うのも久しぶりだったのだよ。

そしてあの山荘に行ったのも随分と久しぶりだった。

ベランダの柵《さく》が腐《くさ》っていたなんて、気づかなかった。和明も言っていなかった。もっとも長い間使っていなかったのだから、シロアリにやられていてもまったくおかしくなかった。

ただ、それまではまったく気づかなかった。

和明が、グラスを手に柵に寄り掛かったときに、木がボロリと小さく砕《くだ》ける音がした。

そのまま、和明は落ちていったのだ。

本人も驚く間もなかったのかもしれない。声も立てずに滑るようにベランダの下の崖へ、いや崖というほどの急勾配《きゅうこうばい》ではなかったが、生《お》い茂《しげ》る木々の中へ滑り落ちていったのだ。

慌てて、私は玄関から出て行った。ベランダの下など行ったことがなかったから、どうやって下《くだ》っていけばいいか迷い、時間が少し掛かった。

ようやく木々や草に埋もれるように倒れている和明のところに着き、声を掛けたが反応はなかった。

何よりも、そこに岩があり、血が付いているのがわかった。和明の頭から大量に血が流れているのも。

頭を打った人間を動かしてはいけない、などとは頭に浮かばなかった。とにかく、和明を抱《かか》えて、背負い、急勾配の坂を登ろうとした。

おそらく、私が慌てて玄関を出て行くときに君は、一朗くんは目覚めたのだろう。何が起こったのかわからず、ベランダの戸が開いていたのでそこに出て壊れている柵に気づき、何が起こったのかを察したのではないだろうか。

ベランダからこっちを見ている君を、私は視界に捉えていた。

坂を登ろうとしたが、無理だった。自分一人登っていくのがやっとの急勾配。大人を背負い登るのは、不可能だった。

ゆっくり和明を下ろした。身体に力はまったく入ってなく、一声も出なかった。脈を取ったが、なかった。呼吸もしていなかった。

事切れていた。

私は、そのときスペインでは殺人事件の有力な容疑者だとされていた。それはもう解決して犯人は私ではないのでいいのだが、とにかくそのときはほぼ指名手配犯だったのだ。

覚悟していた。このまま犯人として捕まってもいい。

しかし、心残りはある。

生まれ故郷の日本に一度帰りたい。

私の実の息子である君に、一朗くんに会いたかった。会って、いろいろ話をしたかった。

それで、警察の眼をかい潜《くぐ》り、おそらく最後になるであろう日本の地を踏もうと帰ってきていたのだ。

一朗くんと会おうと、戻ってきていたのだ。

だから、その状況で事故とはいえ弟の死んでいる現場にいるのは、困ると考えた。私が和明を殺したと誤解されかねない状況でもあった。

スペインでも容疑者、更に日本でも容疑者になるわけにはいかない。

家に戻り、一一〇を回した。

山荘のベランダから落ちた人がいる。救急車と警察を頼む、と。

そして何が起こったのかまだ理解できていない君に告げた。

すぐに、お母さんが迎えに来るから、待っていなさいと。

私は、そのままそこから去ったんだ。


申し訳なかった。

私の我儘《わがまま》な行為、君に会いたいと頼んだことで、間違いなく君を傷つけてしまうことになってしまったと思っている。

君の、一朗くんの生物学上の父親は、おそらくは私だ。

そして、和明が法律上の君の父親になった。

正式に検査をしたわけでもないので、和明が父親である可能性もなきにしもあらずだが、おそらくは、私仲村智明だ。母親である桂子さんも、そう認識していた。

もちろん、和明もわかっていた。

私たちは、全てをわかりあっていた。分かち合えていた。

君の母親である仲村桂子さんは、二つの心を持つ人だった。多重人格と言えば通りがいいだろうか。

それで何かが変わるわけではない。

君もそう思ってくれているだろうと思うが、桂子さんは素晴らしい女性だった。愛と優しさに溢れた、情熱的な女性だった。

それは、どちらの人格もだ。

詳しく話しても詮無《せんな》いことだろうが、私を愛してくれた桂子さんの方がより情熱的で、和明を愛した桂子さんは、物静かな女性だった。

私と、和明の兄弟、両方を愛してくれた人だ。

そしてもちろん、君を愛する母親だ。何があろうと、桂子さんは君を心から愛している。もしも、この先に桂子さんの何かが変わったとするなら、それは私たちのせいで君のせいではない。

それでも、間違いなく、君は父親と母親に愛されて生まれて育った男だ。

それだけは、伝えておきたいとこの筆を執《と》った。

もう君の父親である私たち二人がこの世に存在せず、そんな話もできなかったことを謝《あやま》る。

この先の人生に幸《さち》多からんことを祈る。

＊

手紙を読み終えて、何も言えなかった。寧々さんも黙り込んでしまった。三人して、残ったコーヒーを飲んだ。槙村さん煙草が吸いたいだろうな。

「その日は、伯父さんにとってのとんでもない〈人生の、ある一日〉だったのね」

寧々さんが、溜息混じりに言う。槙村さんのお父さんにとっては最期の一日になってしまったんだけど。

「ほんのちょっとのことなのよね。もう何百ものその人の〈ある一日〉を知ってきたけど、何かがちょっと違っただけで、変わってしまう。もしも和明さんが事故に遭わなければ、皆にとっての幸せな一日になっていたんでしょうに」

本当にそうだ。槙村さんにとっても、お父さんと伯父さんにとっても、思い出の一日になっていた。

「槙村さん、この手紙、槙村さんのお母さんに読ませられないですかね？」

きっと、槙村さんのお母さんはこの事実をまったく知らないんだ。だから、あんなふうになってしまっている。

「そうね。ひょっとしたら、この手紙をお母様に読ませたら、何かが変わるかもしれないわね」

寧々さんが言うと、槙村さんも頷いた。

「僕もそう思った。どちらに転ぶかわからないけれども」

「いや、きっと良い方に転びますよ！　お母さん、治っちゃいますよきっと。だってこんなに愛に溢れた手紙じゃないですか」

力を込めてしまった。

「やりましょう！　お母さんのところへ行って、読んでもらいましょう。何だったら俺も行くし寧々さんも、あ、俺の祖父ちゃんを事情説明で呼んでもいいです！」

槙村さんが、微笑んだ。

「そうだね」

きっと治るって、願ってみようか、って。

願いましょう。

《J-AIRFM998》

『A DAY IN YOUR LIFE』

『ア・デイ・イン・ユア・ライフ。今日が終わると同時に新たな一日が始まる狭間の一時間。そこにいるあなたの人生の、ある一日をお届けします。その日を綴るのはあなた、編んで読むのは私、小説家の槙村朗です』

こんばんは。

とても空気が澄んだ夜を迎えている東京です。半分の月が皓々と、冴え冴えと輝いています。天気予報では概ね日本全国晴れに近い天気です。

昼間は太陽の光が降り注ぎ、夜は月の光が冴え渡る。良い一日でした。

あなたの町ではどうでしたか。

初出……………「読楽」　2023年11月号～12月号　2024年2月号～11月号
連載時の原稿に加筆修正し、収録いたしました。

A DAY IN YOUR LIFE
アデイインユアライフ

著者……小路幸也

2025年2月28日　初刷

発行者……小宮英行

発行所……株式会社徳間書店
〒141-8202 東京都品川区上大崎3-1-1　目黒セントラルスクエア
電話　編集（03）5403-4349　販売（049）293-5521　振替 00140-0-44392

本文印刷……本郷印刷株式会社

カバー印刷……真生印刷株式会社

製本……東京美術紙工協業組合

ISBN978-4-19-865967-7

小路幸也の好評既刊

からさんの家 まひろの章

詩人、小説家、
作詞家、画家など、
様々な活動をしてきた
七十代の女性・伽羅。
息子の結婚で出来た
義理の孫娘との同居は、
暮らしに新たな彩りを……。

◉四六判上製

からさんの家 伽羅の章

徳間書店

早坂家の三姉妹 brother sun
猫と妻と暮らす 蘆野原偲郷
猫ヲ捜ス夢 蘆野原偲郷
恭一郎と七人の叔母
風とにわか雨と花
国道食堂 1st season
国道食堂 2nd season

徳間文庫